當代名家叢書・趙園選集

紅之羽

趙園　著

目次

關於季節的記憶

古代中國人在季節、時令方面積纍的知識與經驗是如此豐富，以至個人記憶倘若不安置在這樣的時間框架中，就難以被辨認與述說。在書齋生活已使得有關季節的感覺鈍化之後，我仍試圖憑藉了這說不清是「自然」抑「人為」的秩序，梳理那些早已零亂不堪的記憶材料，卻同時發現了材料的匱乏。或許正是「季節」這概念，妨礙了梳理？「季節」要求公認而醒目的標記，而個人生活（尤其在記憶中）卻往往邊沿模糊，意義含混。但既已著手，仍不妨勉為其難一回，看在這題目下，能寫出些什麼東西。

冬

我能馬上記起的，是七一、七二年之交的那個冬天，家鄉某專區的招待所。我和衣擁著招待所髒兮兮的被子，讀郭沫若的《李白與杜甫》。連日大雪，空氣慘白而冷，室內進進出出的，是和我一樣的「老五屆」大學生。我家鄉的那個省突然做了個與我們性命交關的決定，將「文革」中分配到河南的五屆大學生做一次性處理（當時的說法是「再分配」）。這當兒被大雪困在招待所中的，多半是未被命運之神眷顧者，面臨著被留在鄉村的前景而做最後的一搏。那間宿舍中的住客不斷變換，新來的人各自尋找門路，行色匆匆，彼此若不相識。至少是，我與他們若不相識：當我寫到這裏時，竟沒有一張臉由記憶中浮出。只有一次，在宿舍外，一個同系的男同學——這張面孔也早已模糊不清——對我說，他知道我的情況，他本人的「政治條件」也不好，因而彼此相當，不妨建立某種關係。

我或許是在那招待所住得較久的一個，其間還曾往返於專區所在地與我插隊的縣城、公社。我也像我那些命運不濟的同伴那樣，到「有關部門」軟磨硬泡，僅有的招數是不斷出現在辦事人員的視線中，卻不便像早已操練得圓熟之極的男同胞那樣，套著近乎遞上煙去。我也曾拿著父母在鄭州弄來的什麼信，去敲某個當局者的門，在不置可否的敷衍中尷尬地走開。其餘的時間，就待在床上，讀那本《李白與杜甫》。窗下的雪被踩成了爛泥。我並非對窗外的注視毫無知覺，卻仍讀得專注而麻木。那時我已得知我被留在了我插隊的縣，且由於檔案中的某種我不確知的內容，被認為不便安排在縣城教書，分到了一所遠離縣城的公社中學。直到現在我也不能解釋，李白、杜甫與我當時的處境有何干係，竟引起了我如此緊張的關注，甚至為此激動不已。遠在南方的舊日同窗在給我的信中表示大惑不解，說郭某「揚李抑杜」干卿底事！

在那之前與之後，有過不止一個多雪的冬天，我卻往往在大雪飄飛的日子，記起那招待所窗外的雪，那專注中的冷漠與麻木。我猜想那固然因了事關杜甫，卻更因我需要麻木自己。我其實是在抵擋屈辱與尷尬。那種沿門行乞般的經驗，在我只有一次。當著幾個月後我終於回到了鄭州，毫不猶豫地就去了城邊上的一所簡陋破敗的中學，對於其它可能的選擇無動於衷。

春

奇怪的是，當我想到了「春」這個語詞，腦際竟像是空空如也。這似乎不大正常。無論我中原的家鄉還是京城，漫長的灰黃的冬日都理應引起對春的渴盼。渴盼是有的，但我卻少有與春有關的故事。眼下我能記起的，是北京遠郊的樹色，那透出在樹梢處的若有若無的一層青綠。那片樹色是我在車上看到的。當時我已經在這我工作至今的研究所，單位曾在早春組織植樹。

乘大巴去遠郊植樹的事，近些年再沒有過，但每到早春，我都會如被提示了似的，想到搜尋最早到來的春的消息，卻往往錯過，待到發現，滿城的樹早已翠色欲滴。早春像是只在遠離城市的鄉野駐足，一當踏進城市，即容顏過分豔麗而將蒼老。我也仍然會因紛揚的楊花與嫋嫋的晴絲而心動，卻像是並無故事。這很可能只是年齡與記憶的花招，它們將一些最敏感的經驗，借用了一個當代作家的形容，將那些「細微如毳毛」的感覺，最先過濾掉了。當然也可能因了表達的障礙：難以述說的經驗尚找不到方式呈現自己。

夏

當著記憶與「夏」這字樣相遇，竟頓然活躍起來，紛至沓來的印象，大多與中學時代有關，且大半浴著月色。月色中操場上的長談，周末踏月到附近單位看露天電影，等等。當然夏也意味著無可抵擋的燠熱。記得那間由教室改成的擁塞了幾十架雙人床的宿舍，暑期前最熱的那段日子，女孩子們竟打起了赤膊。那會兒的番茄真便宜得可以，我們整臉盆地買了，放在床下。

最美好的自然還是暑假。路邊的白楊樹，高處的葉片反射著日光，水銀般閃爍流動，接近地面處蒙著一層厚的灰土。你待在家裏，慵懶的午後，睡眼惺忪，手邊是一本外國小說。只有這夏日才有足夠的閒暇，那些小說也就與夏發生了的關係，在我的回想中，都像是氤氳著夏日的氣息。尤其俄國小說與憂鬱的俄羅斯民歌。我幾乎是直接嗅到了乾草與麥秸垛的氣味。我相信不止一代人，就在這文字與旋律中，渴望著被愛也學習著愛，那種俄羅斯式的忘我的自虐的獻祭式的愛，因清洗了肉的氣味而益加純潔、莊重也益加痛苦的愛。直至改革開放，駁雜的「二十世紀文學」一擁而入，才結束了一個「古典浪漫時代」，與市場化一道，複雜化了不同代者那裏「愛」的意涵。但你仍不妨承認，在我讀中學的那時代，古典的浪漫的愛充當了詩意之泉，給予過不止一代人滋潤與撫慰，是他們「曾經有過青春」的一份證詞。

在大學校園裏度過的夏，也非全無可憶。那夏的記憶竟也與愛有關。進入北大「文工團」後，我曾向團內的施姓同學學琵琶。夏夜，北大 30 齋樓下，像是還殘留著丁香花的淡淡氣息。我在宿舍裏一遍遍地聽師傅彈《十面埋伏》、《潯陽夜月》、《飛花點翠》、《彝族舞曲》。去年買了幾張民族音樂的 CD，放至《彝族舞曲》，竟有觸電般的震顫。樂聲響起，複雜的指法彈奏出和絃，繁密而熱切。月色，篝火，林間嘈切的私語中，口弦聲悠然而起。我其實不便堅持認為這篝火與愛情之夜在夏季；甚至聽師傅彈琴也未見得在夏夜——丁香花即提示了那破綻。但我記憶中的《彝族舞曲》卻仍然是夏天的故事，惟夏夜才有那熱烈與朦朧。駘蕩的春風中未及蘇醒的情慾，在這當兒蘇醒了。「文革」前的校園，空氣已騷動不安，卻不能阻止一個大學女生渴望愛與被愛，即使那只是一種方向不明的渴欲，找不到出口的曖昧的激情。

秋

奇怪的是，也如對於春，對於秋的迷人之處，我始終未能充分地領略，儘管我的生命秋意已深。秋這季節裏也像是沒有我自己的故事，沒有令我能觸電般記起的情境。更可能是，那些故事，那些記憶的碎片隱匿在某一昏暗的角隅，等待著被喚醒並賦予意義。當著我寫作本文時，想到的，是七八十年代之交在北大讀研究生時，由圖書館巨大的玻璃窗看到的秋色。由於樹種的豐富，我看到了層次豐富的綠與黃，爛漫中隱含著肅殺。似有冬的聲息，正在由遙遠的天穹泠然而至。當年站在那塊玻璃窗前沒有想到的，是我此後的一段生命將在秋色中展開。秋是斂抑的季節，理性的季節。這季節宜於沉思，也適於學術。只是當年我未及去想的是，此後的「學術生涯」將有怎樣的單調，我的生活在不久後將失去這可供悠然地憑眺的長窗，與這繁富的色彩。

以上記述有可能被作為據以考察「季節一心理」的某種例證。我其實不能確認季節在這種私人經驗中，僅僅偶然地充當了景片，還是直接參與了生活、情感過程，季節以何種方式、在何種程度上進入了生活。這肯定是個複雜的問題。

我也不大懂得「世紀末」、「千禧年」的含義，不知自己所處，是否也如魯迅所說，是「進向大時代的時代」，自然也就不解何以在這一時刻臨近之際人有必要「回眸」。我自知回望之際，所見無不瑣碎渺小，與「大時代」無涉，展出在這裏，如未經整理的老照片，卻還是應約寫了這篇文字。儀式行為在人類生活中，總是不可少的吧，我何必要刻意拒絕在其中扮演一個角色？

一九九九年六月

寫在冬日

每當秋意漸深，總會意興蕭索，有對於漫長冬日的畏懼。殘留在枝頭、在日見凜冽的風中抖索的，在行人腳下碎裂的枯葉，會令你適時地想起古昔那些關於秋的感傷的文字。你尚來不及吟味，一場場大風過後，冬就真的來了。

其實冬自有它的美，尤其北國的冬。郁達夫由北京胡同中的冬日，讀出了「北方生活的偉大幽閒」(《北平的四季》)；魯迅更由北方蓬勃的雪，發現了蘊藏在酷寒中的力(《雪》)。北國的雪在魯迅的筆下，激情噴薄，宛如冬之精靈。那是另一種生命的張揚，非強有力者即不能如此生動地感知。我想，不會再有更生動的有關雪的描寫了。近年來雖因困守書齋，漸失了對於時令的敏感，卻也會在風雪之夜由書桌邊起身，倚著窗看對面樓下路燈處晶亮地閃爍飛動著的急雪。

冬之美自然因了雪。儼然大自然遵循了「簡約」這一原則，雪使世界減卻了層次，如國畫技法的「留白」，生活因之而單純化了。丈夫曾在飛機上，俯瞰過俄羅斯的雪野，震撼於那單純與闊大，說無垠的雪上，一簇簇的黑色，是森林。我相信正是俄國文學，培養了幾代人感動於荒涼闊大之境的能力。在我看來，當人類生活日趨複雜之際，感受單純與闊大，不妨作為值得珍視的精神能力。只有在冬季，你才能看到天地因青白一色而透明，領略雪霽時分的清寂空明。有時真的需要空曠寂寥，需要這空寂之境以便沉澱、澄清，或者竟什麼也不為，只為了享用寂寞。冬意味著斂抑。人如同需要精神的發越，也需要斂抑——這樣說或許是對自己習於斂抑的解嘲？

冬的美或許真的要有這樣的心境方能領略。還記得看到過的一幀蘇聯的明信片，深夜的城市街頭，雕像上覆蓋著雪，似有極深的靜，正彌漫開去。儘管已久居京城，我還不曾細讀過這城市的冬，所懷念的仍然是鄉村的冬日。雪野，連天接地一色的白，灰的是車轍和鞋印，深黑的多半是水。走到近處，或許能聽到細細的冰碴碎裂聲。我插隊的地方，鄉民是不作興大白天關門閉戶的，否則即有行為詭秘之嫌，甚至會引起關於房事的猜想——村裏的女人們尤其不缺少這方面的想像力。因此你隨便去哪一家，那家的門都洞開著。或許門檻內正攏著一小堆火，是用麥後刨出來曬乾的麥根點燃的。也有的人家捨不得那點麥根，門內由雪地踩進來的鞋底濕成了一片。

童年的冬天也值得懷念。那時的冬冷得多了，屋簷上垂掛著冰溜子，晴日裏就滴滴答答地淌著水。孩子們會趁大人不留神，偷偷將冰溜子掰下來吮。教室裏像是不曾生過爐子，記得不止一次被凍得哭出來。課間休息時，同伴們順牆排成一溜，一個使勁擠著另一個，叫「擠暖和」。還有一種叫做「鬥雞」的遊戲，對鬥的兩方各搬起一隻腳，單腿跳著，相互用膝蓋頂撞取暖。

那年月穿的棉襖棉褲多半是家做的，臃腫不堪。我的走式不好，棉鞋常被穿得後跟開線，崴（wǎi）得鞋幫踩在地上。課間上廁所，凍僵的手總係不緊褲帶，急得要哭出來——其時人們大多還用的是布帶。吳亮策劃的那套《日常中國》（江蘇美術出版社，1999）到手後，尚未及仔細翻閱，打開第一冊，《50 年代老百姓的日常生活》，一眼看到那幅有著三個小妞的背影的照片，就不禁失笑。那正是我自己當年的模樣。不但那些小妞的動作衣著，甚至她們周遭的道路房舍都似曾相識。

這漫長的冬季裏僅有的期待，自然是新年與舊年。我的大半生中，唯有中學時期的新年值得懷念。寫到這裏，像是即刻嗅到了校園中氤氳著的節日空氣。那所中學有位元能幹的音樂教員，也如近二十年的中央電視臺，每年早早就投入了排練，因而差不多總能有一臺像像樣樣的新年晚會，直演到午夜，以便聽新年鐘聲而「歡聲雷動」。那一晚還另有遊藝活動，比如猜燈謎，你可以指望領一份獎，一小袋花生和幾塊糖果。我於猜謎素無靈感，卻也猜中過一回。還記得那謎面是：「當西方世界還是黑夜的時候」，謎底則是我讀過的一本蘇聯小說的書名，「我們這裏已是早晨」。高一那年，新年恰輪到我和另一個女孩值夜，就穿了厚棉衣在校園各處巡視，還曾背靠著背坐在班裏園地的田埂上閒聊，到後來才發現班主任老師就站在不遠處。因了是在新年之夜，那個夜晚，那些田埂上的閒話，都像是很美好似的。

又是歲末。據說這個新年別有深意，我對此卻鈍於領會。窗外正飄著細雪，是這乾旱的冬天的第一場雪。儘管在灰黃的背景上，那雪並不顯得潔淨，仍不期然地記起了一些瑣碎的舊事，就將它們寫在這寧靜的冬日裏。

一九九九年十二月

尋訪激情

我已注定了不會成為旅行家，也並非總有走動的興致與機會，因而至今去過的地方很有限。即使這樣，也仍不能免俗，比如捨近求遠，捨易就難。因而讓人覺得奇怪的是，走到過更難到達的海南以及青海湖邊，卻竟然未去過蘇、杭，當然也不曾到過距北京較近的山西。今年夏天終於有了去山西的機會。較之於我中原家鄉的那個商業化且人口爆滿的省會，太原實在是個樸素且安靜的城市，污染之嚴重卻在意想之外（後來才看到五臺山下竟也一片渾濁）。這年頭「樸素」的意味自不免複雜；即如這城市的繁華地段柳巷，應當是太原的王府井的吧，至少我到的那天，生意也像是很清淡。據說山西地面古文物的保存居全國之首（？），太原卻像是連舊城也絕少存留。經了當地人的指點去了趟崇善寺，才約略看到了一點痕跡。

晉地令我感到新鮮的，無寧說是地貌。我中原的家鄉地面也多斷層，但畢竟不這樣大起大落，令人不禁會想，生活在這些坡梁溝壑間的推進，該有何等艱難！今夏雨量充足，沿途的莊稼長得很茁實，河床卻幾無不乾涸。南方正大水，北方卻仍十河九乾。張承志的《北方的河》倘若發表在此際，會令人疑心是諷刺的吧。

五臺山正是旅遊節，人流滾滾。懷臺鎮的商業化讓人想到前兩年到過的泰山，宗教氣氛已蕩然無存。你看著出家人走在十丈紅塵中，總不免疑心他們還能否六根清淨。來五臺之前，我曾夢到過鐘魚梵唄，彌散在晨風夜氣中。來到五臺，洋洋乎盈耳的，是由答錄機隨處播放的標準化了的「唱經」。這種男女混聲合唱的音帶據說流行已久，我卻頭回聽到。初聽之下尚覺新奇，很快就倒了胃口。由壺口回到太原，在一家書店聽到這種音樂，竟已不能忍受。這與西方教堂裏唱詩班的合唱之不同，應當是實質性的，因其與「信仰」無關。但又不禁自嘲地想，你自己不是也在參與著對「宗教意境」的破壞？你不是信徒，倘若不是為了觀賞的需要，你又來五臺作什麼？寺院作為觀賞對象想必由來已久，只不過在旅遊進入大規模的商業運作之後，其觀賞性得到了空前的強調而已。文人對宗教意境的迷戀從來就不止緣於經典。即如佛教，文人所迷戀的，就包括了由伽藍精舍所象徵的僧侶的生存方式。當然，這樣的觀賞趣味也早已古老。

能在山下小住，仍然是一種美好的經驗。初到五臺，旅途勞頓之餘，靠在賓館的床上，看藍天白雲與遠近的山，即覺怡然。有溪水由窗下流過。次日五臺舉辦騾馬大會，返程前的那晚，一個人在懷臺鎮的街上閒逛，未看到期待中的草臺戲，卻聽得溪水嘩嘩地流在靜夜裏。在晉地期間，只有一次，在懷臺鎮所住賓館附近的街上，聽了幾個業餘愛好者演奏晉劇音樂。旅途中曾向司機建議在車中播放山西梆子，回答是沒有這種音帶。回到太原，同遊的孟君在火車站附近一間頗具規模的書店裏搜尋晉劇、蒲劇、山西民歌的音帶，也一無所獲。

山西確是存有大量文物，可惜那些文物首先是「旅遊資源」，因而首位的考慮，是旅遊資源的開發而非文物的保存。據說日本有倘不具備某種條件禁止開發的律令，令人羨慕。這裏的「某種條件」我以為不止指財力以及技術，而且應當指普遍的文化水準。有人告訴我文物修復的原則，是「整舊如舊」，我想其難應不全在技術。世俗心理一向喜新厭舊。文物一旦作為「旅遊資源」進入商業操作，能不惑於經濟效益的誘惑的，畢竟少有。我當然也明白，於真偽之際的過分敏感、挑剔，是學術訓練的一份代價。祁縣的「喬家大院」想來是真的，那紅燈籠及紅門聯與黑的牆面相映，確有一種淒豔的美。只是這紅與黑的搭配令人疑心是張藝謀的口味。很難想像晉商會對黑這種顏色有什麼偏好；非節慶的日子懸掛燈籠（且如是之密集），也決不像是「民俗」。

去壺口的動議是我首先提出來的，友人為此煞費苦心作了安排。這一趟在我，也算是圓了一個夢。但這實在是艱苦的行旅。後來才想到，為了那片刻的感動，你竟花費了十幾個小時在路上。由臨汾到壺口的一段，路況極差，塌方，山體滑坡，有滾落的巨石橫在路上。作為補償的，仍然是鄉野。臨近壺口一帶，據說與對岸的陝北地貌相似，於是我看到了先前只見之於文字的「原」，有牛群由原上下來，羊只掛在極陡的坡上——似乎史鐵生在其知青小說中寫到過。坡上小片小片拼接著的田塊，令人可以想像秋日裏的斑斕。

即使今夏雨量充足，上游下了大雨，黃河的河床仍大半晾著，由山路上遠遠望去，河水只是細細的一縷。甚至到了目的地，所見河道也大半乾涸，布著大塊的岩石，令人不敢對那奇觀寄予希望。也因此當著踏過岩石來到近處，驟然面對那一道急流，有不期然的驚喜。即使水量不足，被強行收束進河床上狹窄溝槽中的水仍一派激動，尚未跌落，即一簇簇地跳濺著，迫不及待地湧來，像是只為了在一次驚心動魄的跌落中將自己散作水沫。瀑流當跌落之際，由繁複細密的水花堆垛而成，河道中水氣蒸騰。那確是一道激情之流，狂熱，興奮，給予人的毋寧說是情緒性的感染，久看竟有點暈眩。

我知道壺口會令我一再回想，我也知道我會重訪這激情之流。還在歸途中，錢君已在策劃著下一回的壺口之行，計劃著在河邊小住，聽夜間的水聲，看日出後的虹彩。但水量畢竟小了一點。還記得二十年前，在鄭州教書時，曾於暑期與友人騎車去花園口，在河邊消磨半天時光。還曾與七十高齡的父親一道騎車到過黃河邊的提灌站。那時的黃河確是一條大河，水量何等充沛。「黃河情結」本賴有培養，包括對壺口的嚮往。二十年前的拜訪黃河，無非為了尋訪大人格——黃河早已被人格化了，壺口則被認為最足以體現這種人格。這種理性或無妨於你身臨其境時的感動，儘管你明白，你關於黃河的夢，你對壺口之為「偉觀」的期待，都參與準備了你在這一刻的感動。你甚至不妨承認，你在動身來這裏之前，就已有了感動的需要，你渴望著大激情，渴望著救贖，將自己救出平庸的日常性，救出種種渺小情慾。我確是放任已久，頹唐已久了。

你的感動還不止緣於此。在看過了真偽淆雜的「文物」之後，你知道這壺口是真的，即使水量不足，黃河裸露著的河床令人看得喪氣。但在這樣認定之後，你又會突發奇想：這一景似乎不難經由疊石，經由精確計算後對水勢的控制而複製出來。在各種模擬技術日臻完善之際，人工與天然的界限正日漸模糊，還有什麼「人類文化遺產」以及「自然景觀」不能依樣製造的呢！

回到太原，在一家書店裏，看到列維坦、庫因芝的風景畫，如對故人。農舍，拂曉與黃昏，月光和水，彌漫其間的俄羅斯式的憂鬱。我有片刻像是迷失在了那畫面中。或許，走到哪裏真的不是那麼重要，重要的是屬於你自己的那種與外部世界溝通的方式，你自己的那份感受世界的能力。至於能不能成為旅行家，又有什麼關係！

一九九八年八月

紅之羽

由大學返回「百樂門大酒店」，這城市已入夜。或許因了剛剛結束的演講，有一點興奮，於是由十二層樓上下來，在街上閒逛。這段路上的店鋪多半還未打烊，儘管也並不像是有多少生意。拐過街角，我看到了那爿臨街的小店。食座是設在二樓的，我揀了靠窗的位子坐下。店裏除我之外，另有兩個知識人模樣的食客，在旁若無人地高談闊論。那個「鄰家女孩」似的店員，將我要的廣式的粥和飲料從樓下端了上來。我啜著粥，看窗外反射著燈光的路面，正在這當兒，瞥見了那面寫著「紅之羽」的招牌。店名有點日式。日式也是時尚；但這幾個字拼在一起，在夜的底色上，像是很美似的。我其實並不喜歡廣式的粥，所以坐在這裏，只為了在一處不相干的小店，領略這不相干的城市之夜。有時確實需要在異地且獨自，不想什麼，任腦際有一小片空白，哪怕只是片刻。粵式點心在上海像是已大行其道，北京人（某階層除外）卻還沒有喝早茶的習慣。歐陸風情，粵海風味，在「消費」這一層面，上海總能得風氣之先。

這繁華都會街角的靜，較之鄉野的靜，確也別有動人之處——或正因了有「繁華」的映照。站在賓館房間裏，看窗外車流的燈火如水般流瀉，也自有一片靜，供我獨享。已有十多年未到過上海了，她對於我確實是個陌生的城市。前一天，剛抵達這城市的那個黃昏，獨自到了外灘，還乘船觀賞了那一帶燈火通明的殖民時代建築。外灘在我看來，更像是一方巨大的展臺，只是弄不清所展出的是什麼，係何種主題。觀光船一攏岸，就將觀光客撂在了江邊的巷子裏，任大家各自尋找歸路。我在街巷中穿行了很久，只是在這時，才像是感覺到了這城市的呼吸。

那一帶應當是老街區，臨街木結構的小樓已然破舊。距江邊不遠的一處空地上，聚集了七八個兜售手工藝品的外地女子，其中還有衣著襤褸的老婦，吃著乾糧，像是準備在街頭過夜。巷子中賣餛飩的小店，標價一律五元，尚未關門，幾個女孩子圍在櫃檯邊。倘若在京城，這時分走在小巷，會心情緊張的吧，這陌生的城市卻令我有安全之感。上海據說是個治安良好的城市。

回到大酒店，城市早已入夜。「百樂門」這名目，令人想起某種舊月份牌，散發著遙遠年代的氣味。最初有過一點怪異之感，無非想到了白先勇的《永遠的尹雪豔》，那個來自上海「百樂門」的紅舞女。無論這裏是否那家老店，抑或舊址，我所住的普通客房則與其它賓館一般無二。但我仍感到了適意。賓館房間陳設的簡約，至少令你在想像中擺脫了與雜物有關的瑣事；而客居中與周遭人事了不相關，也給了你一個從旁觀看的位置。偶而的出走，短暫的僑寓，其滋味應當就在這裏的吧。由十二層的樓窗看出去，是繁密的燈火，清晨則可見色彩斑斕的雨傘、雨衣，滑動在水光閃閃的街面上。

住在京城，對近年興建的標誌性建築從無興致，卻看了上海的人民廣場；從未想到去三里屯一帶領略「歐陸風情」，卻為人所攛掇，走了一趟衡山路——至於那裏的咖啡館，自然只宜於由窗外窺看。那確是別一世界，與自己無干。「旅行」之為情境，想必包含了複雜的暗示，以至與居住者的心態有如此的不同。城隍廟已成生意場，小吃也不如記憶中的可口。印象深刻的，卻是靜安寺對面的露天劇場，設在室外的電梯，見出管理良好的城市為市民著想的周到。

兩天多的時間，不過在這城市的表皮上擦過，離開時對這城依然陌生。我本來也並沒有打算深入，一如既往地，雖在異地卻「走在自己的世界裏」。我知道會由記憶中浮出的，不過一些碎片，由十二層樓上所見燈火，細雨中的衡山路，薄暮時分的外灘，還有那面夜氣中的「紅之羽」的招牌。我自然知道「時尚的上海人」之外，這裏也有為了溫飽的奔走；衡山路、淮海路之外，更有平凡人世的苦樂悲歡。

離滬前的那個上午，接待我的湖南籍的老魚，一個英氣勃勃的年輕人，說是打算邀我去一家小店吃麵的，而我不在酒店的房間。我猜想那一定是一家別致的小店，心想，下一回，怎樣？

二〇〇〇年十二月

走過贛南

由南昌到贛州的一段路，是在列車上「走過」的，因了貪看車窗外的風景，幾不敢有片刻的休憩。在我看來，收入窗框的，都如畫般美。北國是乾旱與漫天沙塵，這裏卻水田漠漠，有我不知其名的白色的鳥，或一隻或一組，由水面上翩然而過。此行預定的主題，是尋訪明清之際寧都的一個被稱作「易堂」的士人群體的遺蹤，我的興趣卻溢出了這範圍。我想感受一下於我來說陌生的贛南。

贛州是個有「清潔」之譽的小城。我事先說明了意圖，說我要尋找明末的某地，無論其地現在的面貌如何。得到市地方志辦公室張先生的幫助，我計劃中所要踏訪之處，居然都找到了。那位明末忠臣楊廷麟自沉的清水塘，在民居的包圍中；他的埋骨之處，則有新修的濱江大道通過。這些原在預料之中，因而既無找到後的欣喜，也不至因面目全非而失望。出我意料的，倒是那水塘還在，贛州不曾放棄對那段歷史的記憶。

之後是作為旅遊景點的鬱孤臺與八境臺，這些地名都曾出現在我的人物的詩文中。鬱孤臺始建於唐代，宋、明兩代都曾重建，本是士大夫發思古之幽情的所在，而我所要尋訪的清初人物，思緒卻像是總難以遠縈，而牢牢地綰在了「易代之際」血與火的歷史上。他們無法忘懷發生在這裏的血戰。一些年後，他們中的曾燦，還寫下了「風雨招魂半友師」的沉痛詩句（《秋旅遣懷兼柬易堂諸子》，《六松堂詩文集》卷六）。

贛州曾有章貢之稱，八境臺下，即章江、貢江的匯流處，境界開闊。但這座小城令我印象更深的，卻是那段據說宋代的城牆，城牆下貢江上的浮橋，近城牆處臨街店鋪的「騎樓」。騎樓蒼老古舊，如我此後一再看到並為之著迷的大樟樹。煞風景的是，城牆整舊如新，將真古董包進了嶄新的青磚裏，令人想到了將銅銹打磨淨盡的古彝鼎。據說浮橋是應市民的要求而保存下來的，不知那些騎樓有無這樣的幸運，會不會在拆遷改建的熱潮中，被清除乾淨。後來才發現，江右像是到處在實施「一江兩岸」工程。在此後的旅途中，所經地、縣級城市中，有文物意義的「老房子」已難得一見，而那些縣城幾乎難以彼此區分。

晚間，與同伴閒走在贛州的夜市，翻看書攤上的盜版書。看過了冷清的市場，聽著個體書販「生意難做」的抱怨，至少我自己，一時竟沒有了對於這種「非法經營」的憤慨——我實在想不出那些攤商不做這種生意，該以何種方式謀生。

近幾年有「風入松」、「萬聖」、「韜奮圖書中心」興起，京城已不大見「新華書店」的招牌。即「西單圖書大廈」、開張不算太久的「王府井書店」，也像是不欲讀書人聯想起「新華書店」的老面孔，我的此行受到的，卻是新華書店的接待，而且猶如「驛遞」，被一站站地「遞送」過去，由此也接觸了風采互異的書店經理，尤其女經理。在餐桌上聽經理們歎苦經，獲知了一點此一行業的經營狀況，算得一點意外的收穫。

由贛州前往大余的路上，汽車在瓢潑大雨中打開了車燈。車窗外水霧茫茫，幾乎咫尺莫辨。行前在京城得知，南中國到處都在雨中，這一趟卻只是在大余與寧都，與春雨遭遇。事後想來，正是這雨，給了記憶中的兩地以情調。或許古老的歲月，正賴這潮潤，暗中傳遞著它們的消息？

即使不曾嗜古成癖，我也更喜歡「大庾」這字樣，以為僅這字樣就已古意盎然，不解何以要改用「大余」。抵達大庾嶺時，暴雨已過，古驛道由兩側的梅樹簇擁著，因微雨而顯出了幽深。這段驛路修築於唐代，領此一役的，是那位寫過「海上生明月，天涯共此時」的張九齡。回到北京後查閱方志，得知宋代始有「梅關」，且加種了紅梅。明成化間則重修嶺路，「易甃以石，二十里悉為蕩平」（乾隆十三年《大庾縣志》）。顧祖禹《讀史方輿紀要》也說梅關曾久廢，「正德八年始修治之，崇窿壯固，遮罩南北，屹然襟要」（卷八八）。我們由卵石鋪成的驛路走到關下。驛路呈臺階狀，徐緩地在山間延伸，因過於整飭，少了一點「歷史蒼茫感」，梅關對此作了彌補——即使並非宋明所遺，那風雨剝蝕的痕跡，蒼老的顏色，也足以喚起深遠的記憶。也如贛州的並非雄關，梅關也非地處險要。驛道寬闊，雖上下行，卻較為平緩。但這盤旋不已像是要伸展向無窮遠方的道路，仍然引人去想像行旅、漂泊的艱苦與寂寞。

枝頭的梅子尚青澀。其實明末清初的梅關已無梅，我們所見路邊的梅樹，為後世尤其近年來所栽，無非為了補足「梅嶺」、「梅關」的意境。因而梅關雖古而梅樹不古，沒有王猷定所謂的「古鐵崢嶸」（《滁遊記》，《四照堂集》卷九）。大余人告訴我，我所要尋訪的易堂諸子倘南下廣東，必過梅關。回到北京後查閱了顧祖禹《讀史方輿紀要》、近人楊正泰的《明代驛站考》，梅關確係那些人物粵遊所必經。

管理這景點的，是一位看起來潑辣能幹的中年女性。附近山中修建了度假村。這裏應當是舉行史學會議的適宜場所，可以就近探訪歷史蹤跡，甚至直接嗅到歷史的氣味。

僅僅「於都」（舊作雩都）、「瑞金」的字樣，就已挾帶了「歷史」。從於都「長征第一橋」上經過的時候，自然想起了肖華《長征組歌》中的「紅軍夜渡於都河」。晚餐後，瑞金書店的工作人員陪我們走過街道，有搭了篷的人力車接連由身邊駛過，只消一元錢，隨便你到縣城的任何地方。據說當下崗工人湧入了這一行業，車夫們的生意就日漸艱難。昏黃的路燈下，那些踏著空車的車夫，神情疲憊，表情遲鈍，搜索的眼光像是含了畏怯。

在書齋坐得太久，儘管住在普通的居民社區，仍像是有了與「基層社會」、「基層民眾」的間隔。我不能說經了這樣的行走，就能觸摸到那一地質層。我能觸到的，不過表皮而已。在贛南的某地，曾有當地居民圍了攏來，向我們訴說拆遷中因補償的微薄難以安居之苦，說附近有老人因失去了居所而自縊。得知我來自北京，他們中有人說，你早來一個月就好了。他們何嘗明白一個書生的無力。我知道我們出現在那裏，不過使他們有了短暫的興奮；他們的難題太具體，很快就會忘卻這幾個外鄉人，我卻一時難以擺脫那焦灼、期盼的眼神。

瑞金賓館的大草坪，滿盛了月色與淡淡花香。久居「水泥森林」，已不記得何時享用過這樣的清光了。香氣據說是「月月桂」發出的。巨大的樟樹令我想到俄羅斯文學中的老橡樹，那如同哲思中的智者的巨大橡樹，《戰爭與和平》中那棵與安德列・保爾康斯基公爵之間有著神秘的感應與交流的大橡樹。江右的大樟樹不像是哲思的，卻也古舊如「歷史」。苔痕斑駁的樹干上，枝丫間，生著據說可供藥用的附生植物，儼然將樟樹鬆軟的樹皮當做了土壤，使這些有著數百年樹齡的老樹更顯蒼老。後來在杭州也見到樟樹，有藤蔓攀附，當地叫「香樟」，或係同一種屬，風味卻已有不同。

我和同伴們踏月、聽蛙鳴，待到坐在大樟樹下，幾乎自然而然地，談到了「革命」。第二天清晨，走訪了葉坪、沙洲壩。回京後洗印了所拍攝的照片，發現葉坪的綠草、黃泥牆，最富韻律感也最為悅目。在蘇區中央政府所在地，又看到了巨大的樟樹，有一株曾經炮火，軀幹彎曲到地。我終不能如安德列公爵那樣，與這些見證過歷史的老樹交流。倘大樟樹真的有知，我還不曾準備好如何與它耳語，向它發問。

寧都的第一天也如在贛州，憑藉了當地從事方志工作的先生的幫助，頗有收穫。黃昏已近，我們還站在公路邊的草叢中，察看一方被作為文物保護的墓碑。次日卻下了雨，到我們離開寧都，這雨一直下個不停。我們仍然來到了翠微峰下。煙雨蒼茫。雨中的春山更綠得透徹，晶瑩，綠得無邊無際。山野的氣味至不可形容。我的那些人物的呼吸，似留在了這溫潤的空氣中，潭水般沉寂的山岩間。事後想來，正是這雨，給了我記憶中的翠微峰以顏色與情調。那一帶山在我的回想中，將永遠是水淋淋的，幽深而淒清。

我們所經之處，未見百年老樹，如瑞金的大樟樹，但我知道這山是古老的，由山岩感知了這古老。這一帶山石如漆，表皮脫落處色近於赤（或赭），即近人所修《翠微峰志》所謂的「丹霞地貌」。山體通常像是整塊的，未經切割。有一處垛著方形、金字塔形的巨大石塊，未知經了何等樣的山體變動造成。所謂「金精十二峰」，儼若天設的巨石陣。當晚所宿的度假村，即在天然的穹頂下，廚房甚至直接借諸山岩，而未經搭蓋。凸出其上的赤色岩石，有一道道如漆的水跡塗染，奇突怪異。只是不知何故，所經之處極少鳥鳴，只有我們一行的足音；彌漫在山巒間的，像是亙古如斯的岑寂。隨處可見的人跡證明了這是錯覺。但這份寂靜真不可解，何以竟深到如斯。

賴由這一「實地」，我由文獻中讀出的人物漸形生動，隱約可感他們的呼吸。留在碑石山岩上、為大自然所保存的歷史，與文字歷史，在相互注釋中見出了飽滿。

即使確有「人跡」，寧都的山仍然有一種像是未經馴化以至「鴻蒙未開」的樸拙古老。這不是那種可直接入畫、即合於國畫技法要求的山，山並不高峻，山形也算不得美。我所喜愛的，正是這種「非標準化」，像是恣意伸展的任性與樸質，這種未經過分雕飾、未經人類審美文化「規範」的渾樸，甚至粗糲。劉獻廷比較江南、江西山水，說，「江西風土，與江南迥異。江南山水樹木，雖美麗而有富貴閨閣氣，與吾輩性情不相浹洽，江西則皆森秀疏插，有超然遠舉之致。吾謂目中所見山水，當以此為第一。」還說，「它日縱不能卜居，亦當流寓一二載，以洗滌塵穢，開拓其心胸，死無恨矣」(《廣陽雜記》卷四)。我對江南（其實即吳越）山水全無心得，對於劉氏的說法無從評論，卻自以為能理解他的感受。

對於這裏發展旅遊業的前景，我卻不敢樂觀。中國的山太多。發展旅遊業需要多種條件的輳集，除交通外，還有人們的觀賞習慣、審美期待。因而我實在不願看到盲目的旅遊開發，如這裏進行中的那樣。翠微峰壁正在鑲嵌時賢的書法作品，令人看得心疼。我們已有太多破壞性的「開發」，使其地永不可能復原。何不暫時留一帶青山，任農民在那裏栽培、養殖，不更去驚擾其地的寧靜？

由撫州赴樂安縣境內的流坑村，途經臨川、崇仁，車窗外有茂林修竹。較之離開不久的寧都，這裏有顯然經營得更好的鄉村。我卻被自己的思緒所纏繞，像是留在了那一片雨中的山巒間，沉溺在了那片清幽中，難以拔出。我知道經了此行，那些山真的與我有了某種緣。這想必也因了人物，我所尋訪的人物，與我在這裏邂逅的人物。

倘若不是縣文聯的曾先生，我們在南豐將一無所獲。這裏的人們對於明清之交城西的「程山學舍」，似乎已茫無所知。他們自然也不大可能知道，三百年前，曾有幾個南豐人士，與寧都山中的一班士人此呼彼應。

流經南豐的，有盱江，舊亦作旴江。江右地勢，陂陀起伏，此行全程未見大山，卻屢見大水，令我約略體味了「江入大荒流」的意境。幾乎所經過的每一城都傍著江。不但章、貢二江，沿途經過的，無不是名副其實的江，是大水，而非乾河床上的一彎細流。於是一再看到楊柳岸，近岸的樹幹半浸在水中。「贛水蒼茫閩山碧」。曾有人告訴我，他「文革」中過贛江時，印象極深的，是那水的清冽。我所見江右的江已不如是，「蒼茫」卻依舊。

每涉足「遺跡」，第一個念頭，即分辨真偽（「偽」包括了後世的補充、添加、增飾、改造等等）——或許多少也是一種「學者病」？南昌的八大山人故居、贛州的鬱孤臺、南豐的曾鞏讀書臺，均應屬「遺址」或曰「原址」，只有那些山是無疑的「舊物」，儘管經了歲月的剝蝕。所幸流坑的民居尚不失為「舊物」，縱然年代難以一一釐定。沿途我已在注意「老房子」，在瑞金蘇區中央政府所在地，在寧都近郊。流坑村自然集中了更多、保存更為完好的「老房子」。近幾年與「老房子」有關的時尚，無寧說是由出版界蓄意製造的；時尚的視野卻也助成著對流坑一類地方的發現。然而這村子令我感動的，卻更是流蕩在古老建築間的活的人生的氣息——進門處有米櫃，農具靠在牆上，板桌上、天井的水池邊，是剛洗過的青菜。今人與古人，前人與後人，那些富有而顯赫的人物，與他們的農人後裔，儼然共用著同一空間。只要想到在這些老房子中每天以至每時都會發生的相遇與「交流」，想到你隨時可能與活在另一時間的人物擦肩而過，無論如何是一種神秘的經驗。較之午後的儺戲表演，這些實物與尚在進行著的日常生活，或許更有民俗學的價值。

吸引了我的，還有村中的深巷。緊緊地夾在高牆間，青磚被歲月所剝蝕，像是隨時會有舊時人物，由巷子深處走來。是正午時分，幾處門廊下，有圍坐聊天的男女，很閒散的樣子。孩子們則端了大碗倚門而食。巷中有燒柴禾的氣味，令我與在鄉下生活過的同伴欣然。這氣味是我們曾經熟悉的，卻在城居中久違了。

流坑村外又見到了大樟樹，有村婦在樟樹下編織。附近的小學校園中，殘存的祠堂石柱，立在空曠處，別有一種殘缺的美。村人告訴我們，這小學有五百多名學生，教員久已得不到工資，倘若停課，即會遭除名。倘若真的這樣，那些教員一定在「堅守崗位」無疑，只是不知道他們將如何保證教學品質。但這想必不是那些孩子們所擔心的，他們圍在這舊時學舍的兩方水池邊，嬉鬧得一派天真。

過後查了一下地圖，才知道我們的此行，縱橫行駛，途經地域之廣，是我行前未曾料及的。連續乘車，在我也是破紀錄的經歷。其中南豐到撫州的一段行程最有趣味。夜行的車中播放著「老歌」，我的身邊是一路大唱的快活的年輕司機和他的女友；過了南城，「五十鈴」在一段坑坑窪窪的爛路上顛上顛下時，司機給我們講了他開夜車的經驗。

我的旅行，通常無所用心，本來就沒有考據癖，對於由來、故實，概不追究，得其意而已。自己以為佳景的，多屬境與心會，其原由未必說得清楚。這回稍有不同，因帶了任務，不免多了點好奇心；回來後查書，又難免要掉一點書袋。其實一向有賴於「行走」的學術，社會學、人類學、民俗學就是。我是喜歡行走的，卻第一次使行走與學術發生了干係。即使不便言「考察」，在我，也是一種新鮮的經歷。只不過另有代價，即太有期待，有過分明確的目的性——這也應當是學術性考察與旅遊的不同之處。文人隨時書寫的習癖，也勢必影響到觀看，有如攝影愛好者的習於經由取景框看世界，不免將外部世界框限、「畫面化」了。「意圖」規範了視覺，多少犧牲了獲取更豐富的印象的可能性。

離開南昌，在杭州的賓館、西湖遊艇上，已開始了咀嚼，反芻。返京前的那個上午，在「虎跑」的茶室，要了一杯茶，在旅遊景點門票的背面，寫下了片段的文句。附近有一兩桌高聲談笑的茶客，但我的心很沉靜。窗外是江南的花木，浮出在我眼前的，卻依然是贛南的江水，煙雨中的山巒林木。

寫作在「行走」中，不消說與書齋風味不同。或許有一天，我能擺脫對於書齋的依賴，在隨便什麼場合寫作，在旅中，在客舍、茶僚中。我知道自己仍然會在書桌邊待得很安心，卻也會在另一個日子裏，攜了紙筆啟程。

二〇〇一年五月

另類

我已不能準確地記起，自己是什麼時候有了「出身」這概念的。或許並非在「反右」之後；只不過「反右」使我獲得了一種身份，「右派子女」。「出身」的嚴重意味，肯定是到了這時，才被深切地領略的。此後發生的事情略有一點戲劇性，即在那時常常要填的諸種表格中，起先在「出身」一欄填的是地主——依據的大約是後來所謂的「查三代」的原則；到中學畢業前夕（想必與高考有關），如同施了某種小小的詭計，隨大流地將「地主」改成了「職員」。這種小伎倆自有被拆穿的一天。記得「文革」最熱鬧的那段時間，躲在宿舍裏聽外面的辯論會，就聽到了如下問答：（眾聲喝問）：什麼出身？（答）：職員。（眾）：什麼「職員」！滾下去！那之後，在諸種填不勝填的表格上，我也仍舊填我的「職員」，卻總像是有點鬼祟。而在這過程中，有了心理症似的對此種表格的恐懼，填寫直系、旁系親屬的「政治面貌」一欄，總令我有當眾受辱之感。我始終不能在這種事上麻痹自己，將此視為慣例而處之泰然。

也不記得打從何年何月起，這類表格竟少了起來，而且其上漸漸隱去了「出身」一項。我想最初我肯定會有被大赦似的慶幸的吧，奇怪的是，竟也並無此種記憶。此後的事態發展更匪夷所思，我的姊妹中竟有了不止一個黨員，且有人從事過「黨的工作」，而我記得我的這個姊妹是連入團也曾大費周章的。時至今日，我們自然早已適應了新的身份與處境，無不心安理得。「忘卻」這一心理功能實在是上帝之於人的一大賜予！因而當今年勞動人事部的「履曆表」發下時，我竟像是猝不及防似的，有時間倒轉之感。當然那種感覺只是瞬間而已。

在上述變化發生之前，我也曾像同類那樣，被不斷地告知應當「劃清界限」，更嚴重的說法，是「背叛家庭、階級」，較溫和的告誡則是，「出身不由己，道路可選擇」。我的姊妹在選擇配偶時，無不以「好出身」作為一種即使不明言的條件。只是到了我以大齡青年而與後來的丈夫相遇，在聽了他極坦白的自我介紹後，竟因了曾同屬「另類」而放下心來。時值七八十年代之交，人的思路有了如此微妙的不同。與他相熟起來之後還發現，這兩個絕無機會相謀者，竟作出過同一決定，即不要子女，以便「消滅剝削階級」。

其實即使風水轉換也可能是積漸而至，只是人們往往不大察覺罷了。就我的經驗，那變化的契機正在將「出身」強調到了極度的「文革」中。大約是「文革」中後期吧，我突然領到了一種身份，「可教子女」（全稱為「可以教育好的子女」，出自偉大領袖的一條「最新指示」）。

當時北大正在京郊平谷縣的山區搞「教改」，被認為屬於這種身份的同學，被軍宣隊召到了一處「落實政策」。由我看去頗有點諷刺的是，這當兒和我待在一起的，正有幾年前還視我為「另類」者。我猜想他們一定會為與我歸入了一類而感到恥辱。有趣的還有，這些被「落實政策」的子女們像是全無感激之意，倒都有點悻悻。甚至如我似的老牌「黑五類子女」竟也不安分地想：憑什麼說我們是「可以教育好的」，難道他們都是不必教育、天生革命的？這「可以教育好」豈非認定了我們本來不好？

在某種意義上，「可教子女」也如「敵我矛盾按人民內部矛盾處理」，是「文革」中所發明的像是意在「解脫」卻使當事者備感屈辱的名目；有理由認為使對象受辱（亦一種隱蔽的懲罰）正是動機的一部分。我們這民族從不乏將人分類以及命名的藝術，也是一種「語言智慧」吧，上述構造精緻的語言材料即可資證明。這類文本到了現在已必得詳加注釋才能為年輕者讀懂，我卻認為包含其中的意味，即使再詳盡的注釋也不可能傳達。

「出身」作為問題在「文革」中的經歷，還遠為複雜。即使有過大量迫害的例證，同屬「另類」者的「文革」記憶也仍不妨互有不同。他們中的有些人，甚至可能體驗過某種「解放」之感。在我的經驗中，正是混亂與破壞，給了他們這稀有的機緣。我的相冊上保存著二姐「文革」初期在天安門前私自戴著紅衛兵袖章拍的照，擺著當時最流行的姿勢（我認為那姿勢由二姐做來，特別的帥），將小紅書抱在身前。那袖章我只在她的這張照片上見到過，也無從猜測當她將這袖章戴在臂上時，有沒有類似「渾水摸魚」的不安。多半沒有的吧。二姐是我的姊妹中最單純的一個了。此後大規模的串聯中，她和我的妹妹更大著膽子，走到了盡可能遠的地方，據說所到之處並未遭遇與「出身」有關的盤查。由於某種身份自覺，我沒有參與串聯，我的姊妹也不曾想到有可能邀我同行。只是她們自己現在也未必說得清楚，她們在行旅中享受與「紅衛兵小將」同等待遇，是否就真的心安理得，有沒有過「鬼祟」之感。

「派仗」也屬於此類機緣。據我所知，「文革」中各地的派仗，那個被對手以「大雜燴」攻詆的組織，通常即所謂的「造反派」。「大雜燴」自然指成分的不純，「藏污納垢」。這固然因「造反」者對秩序的蓄意破壞，也往往出於實用的目的，即招兵買馬（亦對手所揭露的「招降納叛」），擴充實力。無論如何，這給了你混跡「群眾組織」的機會，你終於有了一個可以公開亮出的身份，「××革命群眾組織成員」。尤其令人玩味不已的，是「革命」二字。非親歷者絕對不可能想像這身份對此類人的意義。他們中的有些人，「文革」初期為了證明「決裂」與「忠於」，曾將毛主席像章別在胸前的皮肉之上，當著此時，即不惜為了這袖標而在派仗中從容赴死——那些甘冒矢石的勇士們儘管彙集在同一名義（「捍衛毛主席的革命路線」）下，卻不妨骨子裏有如上的不同。

提示上述差異未見得多餘。我早就在擔心籠統的判斷正在使人各不同的經驗、經歷湮沒不聞。何況有些經驗，非親歷者固不能形容，即親歷者也未必能形容。「歷史」大約就是這樣，因不斷的刪繁就簡終至於眾口一詞，像我在南方所見燻乾且上了色的臘肉，永遠失去了「復原」的可能。

至於我本人的身份，在「文革」中另有複雜性。事實上這「身份」究竟是什麼，我直到現在也並不確知。這種神秘性才構成真正的威懾。到研究所工作之後聽說，室裏的一位同事，一九五七年「反右」後，帶了某種身份被遣到外省，在被諸種用人單位一再拒絕後，他本人竟還不知情。這些應當是寫卡夫卡式的小說的材料，記得也有人寫過，只是終不能如卡夫卡作品的有力罷了。我們本應有「自己的」《審判》或《紅字》，我們對那種情境、體驗絕不應感到陌生。甚至還不止於此；發生在我們這裏的怪誕與荒謬，豈非早已抵達了人類想像力的極限？

話說得遠了。我還想說，你要在被劃歸「另類」的境遇中，才有機會體驗被遺忘之為幸福。哥哥曾說起當年他在「牛棚」時，寧願在大冷天被派到遠離單位的地方干活，因為這樣他才能將棉衣連同縫在上面的「牛鬼蛇神」的黑袖標剝下，哪怕要為此而狂奔取暖。我也在這過程中，喜歡上了走在全然陌生的地方、陌生的人們中，只為了被遺忘，同時遺忘（被身份符號所指認的）自己。

因了同樣的理由，我對兩年的插隊生活心懷感激。在那間借住的農舍裏，我與臨時湊成一家的幾個大學生，在鄉民眼裏是平等的。在那段時間裏幾乎沒有過以我為另類的任何提示抑暗示，竟至使我忘乎所以，直至「再分配」那一天到來，才理所當然地由幻境墮回了現實。我還能記起那被重新指認時的絕望，心灰意冷。與可疑的「身份」一起的，另有其它曖昧的傳聞。我也在這時才得知，發生在「文革」前夕的自殺事件，已被調製成了極合大眾口味的故事。一個分配在公社衛生院的醫科學生，將她聽到的關於我的談論告訴了我，那神情態度中既有憐憫，又有牽連受辱似的嫌惡。這之後的一些年裏，這種指認還發生過；我甚至由知交的臉上，也讀出過憐憫、疑惑與嫌惡混雜的神情，而我也仍如「再分配」時那樣，整個心顫慄不已。

在前不久所寫的散文中，我寫到了那次分配期間逃亡似的經歷。當日的目標，只是逃回父母所在的鄭州；所欲逃離的與其說是鄉村，無寧說是當地之為政治環境，即有可能因出身與流言而將我窒死的環境。到此時我已失卻了鄉村之為伊甸園，因劣跡昭彰而無從隱匿。我的師弟解釋他對北京的依賴，說北京畢竟是個大一點的水池。對於當時的我，鄭州也如此。直到現在，赴訴無門的不仍然是農民？

其實我已不便用「另類」這模模糊糊的說法，將我跟無以數計的更不幸者歸為一類。我畢竟考取了北大。這差不多剝奪了我抱怨、訴苦的權利——儘管我寫作本文的目的並不在抱怨或訴苦。七十年代末重返北大後，到住在京郊的朋友家做客，她是雲南人，曾在北大文工團與我同操樂器。坐在她家附近的山坡上，聽她談到一個志在科技且極富才華的友人，因出身而被分到了不相干的大學，一次郊遊中，水性極好的這年輕人，竟頭也不回地向滇池深處遊去。此後親友將他葬在高壓線路下，高壓輸電線即其時所能找到的「科技」的象徵。這故事讓我脊背發涼，悚然於那「頭也不回」的冷靜決絕。但細細一想，這自殺也不免奢侈。更多的同類甚至不能得到這樣的自殺的理由。

「出身」這概念已然陌生，或許我們的後代再也不會有如我所寫的噩夢。寫了這句話後，我並不真的就這樣樂觀。不是又有了新的等級與新的歧視？只不過「大款」、「白領」以及永在金字塔尖上的「高官」替代了「革幹」、「革軍」、「工人」、「貧下中農」。還有層出不窮的新的「類」與「另類」。即如「特困生」。我得承認，這種名目總讓我看得不舒服。清初的唐甄說到過施捨的藝術，說的是「君子之處貧士，惠非難，不慢為難」;「不慢」方可謂「善施」(《潛書》上篇《善施》)。可惜此義已不大為今人所知了。我無法設身處地地體驗「特困生」的感受，只是怕那種大張旗鼓的宣傳，公佈其名單甚至照片，正包含著「慢」。我以為總應當有更好的辦法，顧到受惠者的尊嚴。這是一點多餘的話，姑且寫在這裏。

一九九九年七月

寄宿

不妨將「寄宿」看作一種生存狀態。它也確實是被這樣看待的，比如在國外寫寄宿學校的小說裏。那些小說往往將這類（通常為修道院所辦的）學校之戕賊人性、扼殺童真，描繪得淋漓盡致。那學校幾乎無不陰鬱冰冷，散發著老處女的臥室的氣味。我所讀過的寄宿學校其實並非如此；但我仍以為那種環境尤其生活方式對於我影響之深，是我終自己的一生也難以脫出的。

我進入寄宿學校那年十二歲，讀小學五年級。當時家剛由開封遷到省會鄭州。在胡同裏瘋玩慣了，剛住校時，真不能忍受那份束縛。上早自習那會兒，正應當是平時賴在床上的時間。在開封時用的是煤油燈，只覺得日光燈明亮得不大正常。那些尚未混熟的同學的臉，在日光燈下也像是一律神情呆滯。如同舉行儀式，幾乎每個早晨都要合唱同一隻歌。或許也因了唱歌的時間，那歌始終令我反感，過了很久還記不住歌詞。歌的大意是，一群孩子到果園玩，其中的一個偷摘了蘋果（或其它水果），之後在老爺爺的勸導下承認了過失。歌有許多段，平坦而單調。我那些新夥伴們就慘白著臉，呆坐在那裏，一段段把歌唱完。

更不可耐的，是每餐飯前的儀式。通常是饑腸轆轆的學生列隊聽訓話。真弄不懂那些師長何以喜歡在那種時候發揮談興。聽畢訓話，進入飯廳，圍站在餐桌邊，要在聽到了一聲「開動」的口令後，才能進食。

我過了很久還不能適應寄宿學校。夜間坐在床上，聽附近水窪處的蛙鳴，總有一點悽楚，會回想在開封時，與小玩伴坐在青石臺階上的自在。周末返校之前，多半會痛哭一場，絕望地期待著父母能把我留在家裏。這之後，母親將我和妹妹送出一段路，我們則要途經一個村莊才能回到學校。走過那村莊時，往往夜色已深。

讀中學之後依舊寄宿，吃飯時卻已不必巴巴地等著那一聲「開動」——當時這學校沒有餐桌，我們一直是蹲在地上進食的。仍然有早操、早自習和晚自習。到這個時期，我已對寄宿不再感到不便，甚至對這種生活方式有了依賴。有一個時期，學校依居住遠近限定了寄宿生的名額，我竟為能重新住迴學校而費了點氣力。那多半出於實際的考慮，即更集中精力於功課。周日晚自習前趕迴學校已成為必要的，因為只有這樣才能使升學更有把握——其實這種動機也並不那麼分明，在我，更像是為了返回「緊張」與「效率」。「緊張」與「效率」已漸漸成為一種需求。只是這時送我返校的已不是母親而是父親。朝著已是燈火通明的教學樓，我和父親一起走過那條白楊夾持的公路，直到校門附近。

讀大學繼續「寄宿」，之後是集體插隊。直到在中學教書，才有過一間可以獨處的陋室，之後又回到「寄宿」——人生本如寄。在如此短暫而如寄的人生中，尚要「寄宿」，且時間達十幾年之久，是不是有點殘酷？

寄宿中餘裕的匱乏是雙重的：空間的，與精神的。你和他人幾乎沒有空間距離。你不能不時刻意識著你的鄰人，為此不但要有動作、行為的約束與控制，而且要學習遷就與忍讓。你學會了放棄自己的意願，按捺自己的衝動，學會了剋制、抑制。你更被訓練了納入嚴格的秩序、有「規律」的生活，養成了對鐘錶時間的尊重。你隨時在擬定苛細的時間表。而你的幾乎所有活動乃至動作都被事先安排就了——生命經了細碎的切割，而且切割得極其嚴整。程序化與緊張感互為因果。緊張本由時間知覺造成，到後來漸成需要，非緊張即不足以進入「工作狀態」。你需要由思維到筋肉的緊張，以便聚集起精力以應事。你為此而斤斤計較，習慣了以「有效工作時間」衡量生活品質。「充實」的概念則與「有效」合一，後者是前者的標準。只有「充實」才能使你在每日就寢時心安理得。你對於時間越來越節儉以至吝嗇，你的生活秩序經了嚴密的安排，使「即興」、「隨機」成為不可能，你幾乎不能承受任何干擾、變更、計劃外的專案。你甚至不能忍受無成效的思考；「成效」即形諸文字付諸論說的可能性。你的整個生活都這樣地功利化了。

我其實明白不便將所有這些都歸過於「寄宿」，但可以確信的是，「寄宿」參與了對我的塑造，而且是在不知不覺間、習焉不察地進行的。

那種密集的生存，自然不可能為「隱私」提供必要的空間，事實是你也並無此種明確的要求。對於所謂「隱私權」你聞所未聞。內心秘密的洩露，只能是私人間的傾談以及夢囈。於是你學會了節制的情感表露，習慣了向自己訴說——儘管這也未見得安全。寫在中學時期的紙片都無存留，或許就是證明。唱歌是宣洩的安全而有效的方式，俄羅斯民歌，《外國名歌二百首》，電影插曲。你在那時就獲知了「流行」的威力。因資源匱乏倒像是更易於流行：這或許可以解釋那幾代人擁有那樣多共有、共用的記憶！

即使那個時期也仍然有「私人空間」。日常生活並非全然地政治化了。但畢竟有那樣多的集體宿舍，集體食堂，有階級鬥爭中的「群眾監督」，直到胡同裏弄的「小腳偵緝隊」，使個人生活與公共生活的區分至少部分地失去了意義。你時刻意識著你的鄰人，你隔牆的鄰居，你集體宿舍中的鄰床。隔牆有耳，「群眾的眼睛是雪亮的」。而發現與報告「階級鬥爭新動向」，是你的以及你的鄰人的道義責任。那個時期，酒店裏的獨酌，集體行動中的獨行，是不免會讓人起疑的。「個人主義」、「自我中心」不論，即「不合群」也像是一種德行的缺陷。「個性強」、「不能密切聯繫群眾」作為否定性的評語，在我中學時期的「家庭通知單」上常常可以看到。卻也有過一次例外，通知單上寫著的是「個性堅強」，竟令我大為感動。那位元班主任是我們的物理教員，已在幾年前去世。

也是在這過程中，你習慣了諸種「彙報」、「交心」。婚儀中沿用已久的，有「報告戀愛經過」一項，參與者無疑以為他們有權知曉那一些，最好有一點（以不「黃」為限）能令人臉熱心跳的細節。對「私人通信秘密」的法律保護（？），在「階級鬥爭」的名義下已成具文，於是有將莽撞的異性的情書上繳領導的壯舉，流行著為了公之於眾的「私人書寫」——私人場合的寫作時尚化，私人文體也隨之而公共化了。

《天涯》雜誌中的「民間語文」一欄所陳列的語文材料，足以幫助經歷過那一時代者回憶自己曾經使用過的表達方式，比如在「私域」被極度壓縮的條件下書寫者對環境的意識，其近於本能的自律，對規範的遵循。

較之這整個社會環境對於人的塑造，「寄宿」的功能是否已可以忽略不計？

這個夏天與東京的近藤女士談到八十年代的中國電影，她說她最喜歡的是《大閱兵》，而我更傾向於《黃土地》。我知道她感興趣的，是福柯式的批判主題，而我則寧願醉心於對散漫、無始無終的化石般的文化的懷念，對一種不能由個人經驗確證其曾經存在與否的「前歷史」的回憶。我沒有告訴近藤，士大夫式的田園生活之於我的持久的誘惑——只是我同時明白自己無力面對等級差別、貧窮。我的那種懷念與回憶中，是否也隱含著對於自己生活狀態的懷疑？

福柯將十七、十八世紀歐洲採用修道院模式實行的寄宿制，作為其時權力對於人體支配、控制的一種具體形式，作為施之於人的「規訓機制」的一個構成部分；但在我讀中學的時期（以至今天），大約限於物質條件，「寄宿」在中小學並不普遍。中國並未在同一時期發生如福柯所寫的那一過程。見諸各種回憶錄，直到 1949 年前，大學生尚以公寓為更普遍的住宿方式；即使學校宿舍，其管理也是相當鬆弛的。更值得考察的，倒是由書院到「洋學堂」的變遷之於士子們的一般影響。「書院」、「私學」研究的興盛是否也包含著反思的主題？書院那種弟子猶之子弟，師弟間如家人父子式的關係的消失（與此大致同時，手工業作坊的師徒授受也漸成陳跡），似乎應當視為一種重要的徵象。當然，洋學堂、新式學校之間也仍有種種差異。如馮友蘭的《三松堂自序》所寫，羅家倫長校時清華的軍營氣氛，與北大式的散漫就適成對比。

在密集生存中，我沒有放棄過對「一間自己的屋子」的嚮往，儘管全無形上意味。讀中學時，在雙人床上鋪的蚊帳內，釘一幅小小的風景畫，即將那蚊帳想像作自己的房間。更早的時候，甚至在紙上勾畫過房間陳設圖。但我現在的渴望獨處，已不止指獨佔一方空間，而且指暫時地忘卻他人。我的好說「獨行」、「獨語」，正因難得這一種「獨」——即使有了可供獨處的屋子。我久已不能體驗「忘情無我」、「物我兩忘」的那種境界。「獨」是處境更是心理能力。我曾寫到過明遺民的「用獨」。「獨」談何容易！

九十年代初有過一次湖南之行，過後滬上一位小說家在寫給我的短箋上，說她很理解我在長沙的最後一天拒絕參與集體活動，「只想自己待一會兒」。或許因了早年的訓練，我至今也尚能過「集體生活」，只是常常需要「自己待一會兒」。前幾年與友人一同在海南，會在旅途中設法作片刻的獨處。記得那晚在「鹿回頭」，看著錢君急促地問著「趙園呢」，打那頭鹿下跌跌撞撞地走過，而我就待在臺階下的樹影裏。那片刻的獨處在我，幾乎是生存所需、不可或缺的。這種需求是否與早年寄宿的經歷更隱蔽地聯繫著？

一九九九年九月

內外

久未讀到所謂的「內部讀物」了，偶而由出版物上看到這類字樣，竟會有怪異之感。已有了足夠的信息管道可供饜足的年輕人，自然更難以想像，他們已不大感興趣的某報上，曾煞有介事地印著「內部刊物，注意保存」的字樣。其實當時我就覺得有點可疑：這樣的限制是賴有怎樣的措施保障的，或者它僅僅被作為一種「權力—權利」的表徵？後來才知道，「參考」之外另有「參考」，而你已在那「內部」之外。這一種劃分，自然使得一些人得以確認自己擁有多少可資分配的資源，品味享用特權的快感，自得於與「他人」（即「外」人）的區分；其中的淺薄者，在炫耀時正不妨如當下那些故意將品牌的標籤示人的新貴族。對於這類區分的不斷提示，從來是秩序得以維持的條件。只是到了現代，這種提示已越來越多樣、有時也越來越隱晦、象喻化了。

當著某報標明「內部刊物」的那個時期，人們對於「內外有別」的說法，都耳熟能詳。「內」即自己人；而「自己人」的範圍，則不免因時、事而有變動。所用方式，類似於費孝通所說鄉土社會確立等差秩序的那種「推」。對於具體的人，「內之」、「外之」，亦自寓有獎懲之意。至於那年月流行過的「人民內部」的說法，對於許多人，正可謂生死攸關。不要說稱「同志」，即使某領導那個早晨對你笑了笑，也可能被認為大有深意。80 年代有過一部影片，《黑炮事件》，似乎就有類似的情節。微妙至此，時下的年輕人，已無論如何不再能體會了。

「內部讀物」與「非法出版物」，不消說有性質之別。前者的出版具有合法性，是經了特許的。其所以劃入「內部」，或因其內容有違礙，被認為不宜擴散，或因被認為僅適於具備某種條件（這條件主要指鑒別能力）、或有某種需求（如文學作品之於文學專業者、哲學讀物之於哲學工作者）者閱讀。「內部」非即該出版物的定性，只是標明了發行、流佈範圍。然而也正是這種身份、性質的曖昧性，使得此後的「擴散」難以遏止。事實上，到了「文革」中後期，因「內部讀物」流佈漸廣，「內外」的界閾已沒有多少實際意義；至於「供批判用」，則更像是掩人耳目的狡計，令人疑心主持印行者居心叵測，包藏禍心。中國本是謀略大國，古人有「用心刻深」一類說法，或許正可用於這種事。

「非法出版物」涉及的是法律問題，而「內部讀物」直接關涉的，則是權力及其運用——對讀物與閱讀者劃分「內外」的權力，限定閱讀、購買範圍的權力。而你讀、看（那時除了「內部讀物」外，另有「內部片」）的權利，很可能是權力者隨心所欲、漫不經心地給出的；你洋洋自得地享用的，多半只是些殘瀋餘瀝，儘管看起來猶如恩惠，老爺對你的格外施恩。「文革」中的諸多政治區分，包含了極其豐富的此類暗示，令人在領受時不至失去了對那權力的敬畏，以至自我膨脹忘乎所以。至於你在一種情況下在「內」，而在另一種情況下卻又在「外」——這種「妾身未分明」的生存狀況，也足以如所期待的那樣造成緊張感。

即使如此，你仍不妨對其時的「內部讀物」有一份懷念。不少人寫到過「文革」中收繳、焚毀「封資修」黑書時，偷讀查抄來的書籍的那份經驗。至於以「紅衛兵小將」的身份偷讀禁書、品嘗犯禁的快感，也正令人想到了被逐出伊甸園的那一對人類始祖。但上面說到的「內部讀物」，是有可能堂堂正正地擁有、閱讀的，閱讀時的感覺又與讀禁書不同。前兩年還看到過有人記述其時購買「內部讀物」的經歷。由「供批判用」的內部讀物「啟蒙」，亦「文革」中的一大諷刺。由此又印證了「禁制」的效用。較之「內部書籍」，「內部片」更為搶手。還記得放映《山本五十六》、《啊，海軍》那組片子時，在影院前的臺階上，差點被幾個一擁而上的壯漢，將手中的電影票強搶了去，為此驚出了一身冷汗。

即使一向缺乏好奇心，我也在那時讀了一點「內部讀物」，諸如《第三帝國的興亡》、《出類拔萃之輩》（一本關於甘迺迪及其幕僚的書）之類。更有興趣的，倒是一些限制不大嚴格的「內部」，比如平素沒有機會接觸的《文史資料》。關於特務、宦官的有些知識，即由這類書獲得。而在一段時間裏讀得更用心的，是未收入「毛著」的毛澤東的講話、批示，尤其一九四九年之後歷次會議上的講話。其中的有些篇，曾反覆揣摩，作為哲學辯證法的讀本，還真有過類似「豁然貫通」的感覺。較之弄清歷史，我的興趣更在豐富心智。當然，關於當代政治的感覺，也就此複雜了起來。

這期間諸種內幕材料、歷史文獻的流入「民間」，其效應不啻一場精神地震。它們導致「思路的轟毀」，為此後信仰的缺失準備了條件；卻又在同時，參與醞釀了後來的「思想解放運動」。上述效應間的關係，並非總能釐清。在這過程中，政治的神秘感漸漸喪失；而檔案的流失對長期行之有效的「保密制度」的影響，可以毫不誇張地說，是災難性的。「小道消息」即於此時成為共用的信息來源。這種情況造成了內外界限的進一步紊亂。其時不但城市各圈層，而且較開化的村落，都有自己的「消息靈通人士」。在我插隊的村子，此種人士發佈起新聞來，也如阿 Q 的談論城裏人種種，使鄉民們敬羨不已。即使到了信息傳輸管道空前多樣化之後，這類角色在城鄉仍未絕跡。其實小道消息、口頭文學，作為一種特殊的「民間文化」，源遠流長，只不過「文革」使其功能得以凸顯罷了。

事後看來，內部出版物半公開化的流通，勢必受到了某種縱容或默許。「透露」（甚至有意洩露）從來是政治運作的必要手段；發生在「文革」中的透露，更有可能被直接用作了政治鬥爭的武器。對於隱藏在那些「小道消息」後面的動機，草民是無從也不必得知的。由信息的獲取這一點看，他們倒像是政爭中的獲益者。當然事情決沒有如此簡單。正是透露，確證了「話語權」，甚至有可能證明了對於信息資源的有效控制。仍然是由透露者，決定了你有權或無權得知以及得知的程度——這裏還未計及你被透露者利用的可能。

內外，是個大可作下去的題目。上文中已提到了費孝通所論鄉土社會的等差秩序，宗法家族的層級結構。中西比較中已成常談的，則有中國的所謂「圍牆文化」，其功能即在劃分內外且守內禦外。內中國而外夷狄——長城是圍牆之尤大者，或曰圍牆之最。另有「內典」的說法，內佛經而外《六經》，顧炎武對此大不以為然（參看《日知錄》卷十八「內典」條）。凡此無不證明著內外分際的敏感性。但這裏涉及的問題已過於龐大，超出了一篇隨筆的負荷能力，就此打住。

二〇〇〇年六月

示眾

曾有友人告訴過我，早年由視窗看到宣判大會上當眾槍決犯人的一幕，給予他的刺激之深。我不但未曾親見過處決，而且直到「文革」中，才在家鄉城市的一次大規模武鬥之後，第一次見到屍體。躺在街頭的，是個相貌端正的年輕人，大約是工人的吧——那回一派「群眾組織」攻打的煙廠，據說是對立一派的大本營。其時「大局已定」，「造反派」在當局的支持下將大獲全勝，仗本可不必打的。事後看來，攻打煙廠更像是在「炫耀武力」。我和別人一起圍觀那屍體，不記得當時有異樣的感覺。或許因那天天氣晴明，城市如常地平靜。但想想也並無道理。太平世界暴屍街頭，畢竟是不常有的事——更可能因為已見到過血，聽到了太多的殘酷的故事。

至於遊街示眾的場面，則看得多了。我故鄉的城市中那些個「宣判大會」，為公眾準備的最後的節目，即遊街示眾。你在這種場合可以具體地知道何為「五花大綁」，而那插在人犯背後的招子，正如你在戲臺上所見，因而有一種古老的情調。沿途觀看者最感興味的，我猜想是臨刑前罪犯的情態，即他們在死神降臨之際的反應。人們期待的是死亡宣判引起的戲劇性效果。更具體地說吧，他們所要鑒賞的，是死亡恐懼——倘若那人並無懼色，則得到了另一種娛樂，提供了另一種談資。我就見到過在員警的架持下顧盼自若、甚至用目光在看客中搜索的死囚。在這一點上，我及其它看客，與阿 Q 刑車後的民眾並無根本的不同。

魯迅曾一再描寫示眾與圍觀，尤致慨於「看客」式的麻木。其它民族有關示眾場面的記述，與發生在中國的竟無二致。不同民族的經歷、經驗，在這裏也如早期人類使用的耒耜，相像到令人吃驚。示眾作為儀式，以懲罰（公開羞辱）為目的；在這種儀式中，公眾是真正的主體，他們的反應、態度，是使懲罰生效的必要條件。至於我在「文革」中所見示眾，其意圖應更在儆戒——向潛在的罪犯示儆，收震懾之效。因而群眾並非單純的看客，他們還是施教以至警告的對象。在這種場合，他們的心理已遠非「麻木」所能形容。

我已不能記起最初所見遊街示眾的情景。可以確信的是，「文革」將這種懲戒形式使用到了極致，在一個時期，幾乎成為城鄉的「日常情景」。卻也因當時的中國過分熱鬧，火爆的場面太多，遊街一景，終於令人見慣不怪，多少減卻了設想中的功效。

其時的遊街，真可謂五花八門、花樣翻新，足證我們的同胞的想像力。即如我家鄉的城市，令著名戲劇女演員頸掛鞋子遊街（強調其「破」），就是一例。父親所在大學組織的遊街亦別出心裁：那些被游鬥者除戴了紙糊的高帽，被命敲著鑼辱罵自己外，還被強令拔了草銜在口中（以完成「牛鬼」的形象）。有人找不到草，即命另一人將口中的草分出一份。遇到這古怪的佇列時，我正抱著侄兒，這孩子的臉上現出了驚怖的神情。此後一直令我迷惑不解的是，這孩子緣何而明白了這不是遊戲，不是惡作劇，而是懲罰，直覺到了這熱鬧場面中的殘酷的？在那幾年中，我不止一次由這孩子臉上看到了驚懼。我怕這一種幼年經驗也會追逐他的一生。

「文革」期間的遊街，那種繩牽索繫的怪異形態，充滿了對於被遊者「非人」的暗示，而「牛鬼蛇神」這通用名稱更坐實了其「非人」——不但賦予了「觀看」這一行為以正當性，且令人有了觀看猴戲、丑角表演的娛樂性。但其時的人們，已不大能保有為看客所有的局外態度，更無論為娛樂所需要的餘暇。即使我的侄兒那樣的幼童，不是也感到了恐怖？觀看者的所得與其說是「娛樂」，無寧說更是自己不在其中的慶幸或僥倖。那從所未見的遍及城鄉的遊街示眾，已足以使多數人蒙受威脅，而這或許正是預期效果的一部分。「看客」這一魯迅小說、雜文中共有的人物，其在近幾十年間心態、神情的微妙變化，縱然睿智如魯迅，也未必逆料得及的吧。

徵諸中外歷史，「示眾」的方式決非遊街一種。即如羞辱與肉體懲罰兼有的帶枷示眾，中世紀的歐洲也曾有過，只是不知是否有咱們國粹的那種能致死人犯的「立枷」。施之於對象終身的示眾，則有刺字，古人稱之為「黥」的，較之佩戴紅字，有效得遠了。而「烙」較之「黥」，應當更快捷便當。類似的想像力也為中外所共用。這一類懲罰的藝術，針對的是為文明人所珍視的「尊嚴」、「虛榮心」；對於受刑者，自然也是強化記憶的手段。「黥」與「烙」足以使羞辱永久化，惟死才能豁免。

效果略遜的，還有榜示，亦一種示眾，且也如「緩釋膠囊」，有持久的效力。雍正帝御賜錢名世的「千古罪人」的匾額，對於懲創士夫，效力未必在「立枷」之下。而集體示眾的著名的例，則有宋的所謂「元祐黨人碑」。明太祖頒佈的《昭示奸黨錄》、《逆臣錄》，明末閹黨的「點將」、「同志」諸錄，其靈感或許就得之於此。刻之於石，刊之於書，無非為了一勞永逸地將政敵「釘在恥辱柱上」，使之「永世不得翻身」（這「釘在……」云云，正是「文革」中使用率極高的大批判語彙）。至於對時效的關心，則無論「黥」、「烙」還是刊刻，並無不同。

現代社會的政治藝術，較之古代，自然已精緻到了無可比擬。近幾十年所謂的「戴帽子」（亦一種「示眾」），其規模之大，涉及人數之多，豈是我們的祖宗所能想像的？到了大眾傳媒時代，示眾已無需人犯本人出場，文字、照片即足以收取震懾效應。至於錄影技術與電視播映，那種不受時空限制的面向廣大地區眾多觀看者的示眾，亦非古代司法當局所能夢想得及。與此同時，對罪行的渲染也如遊街，具有了娛樂性。對犯罪過程尤其某種細節的描述，足以令人想入非非——「法制文學」與色情文學、暴力文學（有無此種名目？）的界限，至此已變得模糊不清。

寫到這裏，我想到了「文革」期間北大校園中的示眾。六十年代末「清隊」前充斥這美麗的校園中的囚犯佇列，是該校歷史上最稱怪異的景觀。尤其當用餐時分，那一隊隊衣衫破敝、蓬頭垢面的「牛鬼蛇神」，將校園作成了鬼世界。而軍宣隊時期的「寬嚴大會」，更是精心設計的戲劇性場面：對「戲劇效果」的追求，甚至不惜冒失去衡度標準的風險。其中尤有戲劇性的，是章川島（廷謙）突然被兩個彪形大漢架上臺的那次，真使得全場為之震悚。我猜想其時所有尚在臺下者，都不免自認為有可能被揪上臺示眾。人人自危，正應當是主持者所欲追求的效果。據說那已經是「小將們犯錯誤的時候」了；革他人命者與被他人革命者之間的嚴格界限，此時已不復存在。

在持續了十年之久（「百年」的十分之一）的時間裏，這所大學彙集了種種野蠻行徑，由變相肉刑的批鬥，到群眾性的武鬥，遊街示眾以至酷刑。而前年「百年慶典」時，這一景顯然被有意刪略。它們像是被假定了未曾發生過。刊印在各種紀念冊上的，全是輝煌與榮耀。

二〇〇〇年一月

記憶洪水

我一向有對於「大水」的傾心，年輕時在中原的一所中學教書，曾一再到黃河邊「尋訪激情」。甚至到了向衰之年，還如願以償地走到了壺口，去感受那盛壯的氣勢。我醉心於水光、波紋，醉心於水聲，醉心於惟水才有的清澈、清冷，彌漫在空氣中的水的溫潤。八十年代乘火車沿了閩江走，覺得被車窗框住的，無不如畫；水邊人家晨炊的時分，滿幅都是煙水。我喜歡看水面在不同光線下的變化。記得魯迅在什麼地方寫到過，難以相信這如絲般明亮柔滑的東西竟然會殺人。

我有種種與水有關的記憶。記得插隊時田間休息，村裏的女孩用褲帶將大樹葉窩成勺狀弔下廢井，打了水來解渴。我也喝過那水。也曾在夜間改畦灌田，月光下聽柴油機抽出的水嘩嘩由田間漫過。我愛看北方的長著大柳樹的高岸，然而近年來看到的，卻常常是乾涸的河床，龜裂的土地，是漫天的沙塵中的枯草敗葉，是莊稼卷起的葉子。生長在北方，我太熟悉乾渴的滋味。

我從不曾有過與洪水──俗間也叫「發大水」──正面的遭遇，不知道倘若有了一回那樣的經歷，是否還能保有對於「大水」的迷戀。兒時家在開封，這城在黃河水面之下，據說一旦發大水，即如灌老鼠洞。父母說他們年輕時，有一晚聽到了水聲，不顧一切地奪路狂奔，後來才發現是有人拖了竹竿在街上走。我在這城市居住的那些年，每到汛期，會有街道幹部到家裏搜集手電筒，說是為了防洪之用。近幾年那一帶水荒，黃河褰裳可渡。中原地區民眾與黃河間的

「恩怨情仇」，是一部太大的書，至今遠沒有寫完。

兒時的我自然不解這一種「大水」(即洪水）與我有何干係。直到一九五六年的夏天，對於這相關，才朦朧地有了一點點知覺。那個夏季天像是漏了，滿院子的，是連天扯地的雨，雨腳砸在磚地上，砸在積潦中。縮在客廳的一角，我看著讀高中的大姐，穿了長褲，激動地走來走去。她一心想到武漢去抗洪。我不知武漢在什麼地方，卻在這時像是明白了，那座被洪水圍困的城市，距離我的世界並不那麼遙遠。

一九七五年八月河南的大水，我仍不曾正面遭遇，但與那洪水的相關是確確實實的。因洪水經過了我的學生插隊的地方，我送學生下鄉時曾在那裏待過。事過不久就知道了，那所中學的一個女生，做了獻祭這洪水的犧牲。

那些日子，我所居住的城市是騷動不安的，每個人都在談論洪水，有種種未經證實的傳聞。人們傳說著，洪水將鐵軌卷成了麻花；那些被洪水夷為平地的村子，服兵役的年輕人，一夜之間成了家族中僅有的倖存者。直到洪水之後，還有關於疫病流行，以及救災款項被挪用的消息。

父親所在的大學，校園中燃起一堆堆的火，是居委會組織教師家屬烙餅子準備空投。儘管已是「文革」末期，「社會動員」依然有力。事後聽說，市民烙出的餅子，有不少投進了水中，被災民得到的，也多半餿了——那又是盛夏。看著火光，我的焦灼是無可形容的，直到有一天，學生扣響了我家的門。那個學生講述了他逃生的經過，說洪水漫過來時，他們挖開了屋頂，那裏也是最後的退路。淋著雨在屋脊上，眼看著水漲上來，直至生死懸於一線，水終於退了。

關於那次洪水的較為完整的敘述，我竟是在二十五年後讀到的，那就是潘家錚院士的那本《千秋功罪話水壩》(清華大學、暨南大學出版社,2000 年)。該書中記述垮壩的一幕,至今讀來仍令人為之心驚:

……到 7 日 21 時,確山、泌陽已有七座小庫垮壩,22 時,中型水庫竹溝水庫垮壩。此時,板橋水庫大壩上一片混亂,暴雨柱兒砸得人們睜不開眼,相隔幾步說話就無法聽清。大批水庫職工、家屬被轉移到附近高地,飄蕩著的哭聲、喊聲和驚叫聲在暴雨中交奏出慘烈的樂章。人們眼睜睜地看著洪水一寸寸地上漲,淹到自己的腳面、腳踝、膝部……上漲的庫水迅速平壩,爬上防浪牆……水庫職工還在設法抵抗,有人甚至搬來辦公室裏的書櫃,試圖擋住防浪牆上被撕裂擴大的缺口……一位忠實的職工在暴雨中用斧子鑿樹,欲留下洪水位的痕印……

突然,一道閃電,緊接著是一串炸耳的驚雷,接著萬籟俱寂。暴雨驟然停止——夜幕中竟然出現閃爍的星斗,有人一聲驚叫:「水落了!」

剛才還在洶湧上漲的洪水,突然間就「嘩」的回落下去,速度之快使所有的人瞠目結舌,只有內行的人意識到這意味著什麼——那座剛才還如一隻巨大氣球似的水庫,在方才的霹雷聲中突然萎縮——6 億立方米的庫水令人驚恐地滾滾下泄。板橋鐵殼壩終於在 8 日淩晨 1 時崩潰。

水庫垮壩所帶來的大水與通常的洪水比,具有極為不同的特性。這種人為蓄積的勢能在瞬間突然釋放,不僅出現巨大的流量,而且洪水像錢塘江潮那樣形成一個高聳的立波往下游滾滾推進,具有無法抗拒的毀滅力量。從板橋水庫突出的巨龍,首先吞噬最近的沙河店鎮,儘管事前已做了緊急撤離布置,全

> 鎮6000餘人中仍有827人遇難。撤離的通知僅限於泌陽縣範圍，駐馬店行政當局沒有也不可能向全區作緊急部署，與沙河店僅一河之隔的遂平縣文城公社完全沒有得到警報，成為「七五八」洪水中損失最巨大地區：全公社36000人中有半數遭難，許多人家絕戶！
>
> ……
>
> 從板橋水庫傾瀉而出的洪水，排山倒海般地朝汝河兩岸席卷而下，75匹馬力的拖拉機被沖到數百米外，合抱的大樹被連根拔起，巨大的石碾被舉在浪峰。水庫在淩晨1時垮壩後，僅一小時洪水就沖進45公里外的遂平縣，城中40萬人半數漂在水中，一些人被中途的電線鐵絲勒死，一些人被衝入涵洞窒息而死，更多的人在洪水翻越京廣鐵路高坡時墜入漩渦淹死。洪水將京廣鐵路的鋼軌擰成麻花狀，將石油公司50噸油罐捲進宿鴨湖中。
>
> 板橋水庫垮壩五小時後，庫水即泄盡。汝河沿岸14個公社、133個大隊的土地被刮地三尺，洪水過處，田野上的黑色熟土悉被刮盡，遺留下一片令人毛骨悚然的鮮黃色。……

直到九十年代，我向友人談到這次導致如此巨大破壞的洪水，他竟全不知曉！

潘先生的書收錄了若干倖存者的追述。「歷史」往往由「倖存者」事後的敘述構成。時過二十餘年之後，無論怎樣生動的記述，都無法傳達那現場感，無法使未親歷者體驗死生之際的緊張，何況那洪水之後人們已經歷了太多。這類事件的嚴重性，通常是由死亡人數標誌的，而翌年發生在唐山大地震中的死亡，則使得傳說中的十幾萬失卻了分量。生命的毀滅竟然因其多而令人漠然！孫歌女士一再感慨於

「感情記憶」的流失，死者之終成冷冰冰的數字。中國無愧於人口大國，發生在近年來的水難、火難，以及其它諸種匪夷所思的災難，死亡人數動輒數百人，像是輕而易舉便超出了海灣戰爭中多國部隊的死亡人數。

關於死於此次洪水的人數，事後曾有種種說法，潘先生在他的書中所寫，或許出自負責任的統計——26000 人遇難，傷亡總數 12 萬多人——的確少於傳聞，或許會被認為是個無足輕重的數目。而那是兩萬多「個」鮮活的生命——人以外的其它生靈尚不在統計之列。我們這樣記憶洪水，也這樣記憶另外的災難，政治運動中的虐害、株連，由天災更由人禍所致的大饑荒……古人尚且會瞥見「宿草再青」、「墓木已拱」，粗心的現代人，卻只肯記住死亡數字。

個體生命的毀滅，從來是歷史中被最先遺忘的部分，除非那是一個特別的「個體」，被賦予了特殊含義的死亡。時間永在流逝，街市依舊太平。那次洪水流經的地區多屬鄉村，有關的「感情記憶」因了表達手段的匱乏，較之其它災難，更快地流失在了時間中。那個恐怖之夜被高牆般壓下來的巨浪吞沒的如花的青春，垂老的生命，中斷的個人事件、家族歷史，那死神猝然降臨時的驚悸，求生的掙扎，對親人最後的關愛，那被洪水席卷而去的無數個故事，是否會在另一個時間被記起、被憑弔、被講述？

我其實無從直接記憶那洪水，我所記得的，是那段日子滿城的不安，是大學校園中的點點火光，是我自己當時的焦灼不寧。辛巳年春節前，當年由洪水中逃生的我的學生，自北美帶了兒子回國探親，我將為他保存的關於那次洪水的一頁剪報給了他。這眉目間已見風霜顏色的中年人，神情平靜地看著他未成年的兒子，問是否還記得他講過的故事。那個在國外長大的男孩，有著一張明亮得教人羨慕的臉，這張臉上沒有一絲陰翳。我想告訴這孩子的父親，多講講災難，讓你的兒子更切實地感受人間。他的世界仍然會有災難，他需要的，是當災難降臨之際他的父親曾經有過的鎮定。當然，我更希望他不再經歷這一切。讓我們為他祝福。

二〇〇一年四月

集市隨筆

居住在如此擁擠不堪的城市裏，近處有如元大都的土城這樣可供散步的所在，應當是幸運的了。我會在夜晚走一段路到土城去，看夜色中的開著花的樹，樹隙間的天，享受一點難得的清靜。附近橋上不久前還開著集市，通常直到這時仍未散，由土城上看去，只見密集的攤檔在昏暗中模糊成一團。要到更晚的時候，那裏的人們才會散盡，由清掃者將垃圾點燃，有卡車由火堆與煙霧中轟然開過。

集市在我，總會喚起一點特別的感情。幾年前在香港中文大學，常要到沙田的新城市廣場消度周末。一個晴暖的日子，由那廣場一直走進了附近的居民區；在與內地相去不遠的菜販手中買菜，竟也像是有了一點溫暖的家居風味似的。或許因了小城的生活經歷，見慣了走街串巷的小販，對小本經營的生意人，總懷了一種類似悲憫的感情。自己也明白這很不必，那些小販未必比了你我更不幸。卻總不能忘那購買力低下的老舊城市深夜的叫賣聲，令人真切地感到人在生存掙扎中的孤獨無助。

幾年間，眼見得居民區附近小販們的鐵皮小屋盤進、頂出，轉眼易主，想必各有一段平淡或酸辛的故事，只是不為人所知罷了。不遠處那家來自我家鄉的大商場，元旦前後終於關門大吉，很讓傳媒興奮了一陣子。途經這一度極其紅火的商場，只見玻璃門後，灰塵與垃圾點綴著歲暮的荒涼。畢竟看過了這家商場兩年多來的掙扎，有關報導的那種幸災樂禍似的誇張態度，也使我感到不適。或許土城上的散步已有點奢侈。在這年頭，無論多少，有一份穩定的收入，就像在安全島上，有了旁觀他人生存搏鬥的餘裕。有回在土城邊踱步，看一個年輕人，在空無一人的路燈下，將未賣掉的番茄小心地揀回筐裏去，竟有點愴然——或只是我自己過敏。記得路翎曾寫到過他由深夜街頭賣扇子的婦人那裏，體驗到了一種平靜堅忍的力量，這體驗讓我感到陌生。我們由這人間讀出的是如此的不同！

在經歷了一場取消人的日常生活的「革命」之後，集市曾是破壞之餘最先修復的那一部分。人們由這裏找回了往日生活的記憶，一種正常生活的記憶。那時我甚至由集市感受過一種儘管粗俗的生氣，一種類似生命力原始釋放的氣息。

這道風景終於變了味道。尤其在下崗工人日見增多的時候。將只是由一塊破布標誌的「攤位」等同於「就業機會」，畢竟有點牽強。事實是，「再就業」者還在繼續擁入的集市早已臃腫不堪，新攤主們的競爭對手不但有本地的老牌商販，還有早已身經百戰更能吃苦更經得住折騰的外地謀生者。你有時疑心象是賣的人已比買的人多。你不免會想，如若尋找生計的人都擁向集市，還有誰是期待的買主？走在擠擠挨挨的攤檔間，你已難以體驗「繁榮」，你能真切地感到的，是生存空間的逼仄與競爭的慘烈。卷在如此洶湧的人潮、如此密集的人的叢林中，你目擊的是最原始的為生存的搏殺。你不必指望聽到你早年所熟悉的抑揚有致的富於韻律感的叫賣聲，你聽到的是混雜在喧嚷中的淒厲的生死歌哭。你記憶中深夜小販的叫賣聲竟也讓你懷念，那孤獨的人生況味是不便由密佈的攤位間讀出的。

這支「城市游擊隊」早已練就了對付交警的本事，善於在驅趕與取締中求生，無孔不入，隨處氾濫如荒草野水，由圈定的集市直漫上路沿、漫過居民區，用攤檔填塞了城市的所有縫隙。我也常去看附近三環路的過街天橋上的夜市，那夜市時而消失時而出現，攤販與員警不斷演出著貓捉老鼠的兒童遊戲。有一晚走到那裏，見橋上空蕩蕩的，覺得異樣，後來才瞥見橋下的警車。另有一回，橋上站了幾個神情悠然的員警，離他們不遠的另一端的橋下，幾個攤販正一面緊張地向上窺探，一面將各自擺放貨品的破布迅速攤開。那道過街天橋早已失卻了功能。一個中秋節的深夜，我由那一帶經過，橋上一片狼藉，卻仍有守著地攤的中年婦人，將她寂寞的臉隱蔽在橋欄的陰影中。

這樣的市場所展出已不是財富，而是生存空間的擁擠、機會的稀缺、謀生手段的匱乏；攤開在那些破布上的，毋寧說是「貧困」。

市場使人們經濟生活中的巨大差距有了一個直接呈示的場合。收入的不同不但意味著購不同的物，而且意味著在不同的地點購物。豪華大商場、普通商場、私家小店鋪、固定攤檔以及與員警、稅務人員兜圈子的流動的小販——你由市場直接印證著你所處層級。出入同一家國營副食品商店的那種「似平等感」已成記憶。人與人的這種空間分隔將繼續擴大，使新的「階級」、「階層」劃分浮上表層。而首先呈現於消費層面的上述劃分所造成的社會心理後果，將日益深刻地顯現出來。幾年前在香港短期居留期間曾聽說，那裏不同的階層各有自己的活動範圍，體面的紳士是不會到女人街這種地方購物的；如沙田附近我去過的小公園，也決非大學教授們休閒的所在。那時我還以內地尚無如此嚴格的「階級劃分」而驕人，看來「生活的腳步」之迅捷，已非我的想像所能及。

參與那一種生存競爭的還有老人。我在所住居民區附近的集市，見一個老婦坐在地上，夏天撐一把破傘，長年出售一些劣質紐扣。她通常毫無表情，臉上有大片的黑斑，因而更其陰鬱。後來集市搬遷，管理嚴格，有了更多的攤檔與更多的紐扣，不知她和她的紐扣是否還在，那片破布攤在哪個角落裏。另有更絕望的情境。十幾年前在西安街頭，曾看到過一個老婦，將一些舊皮鞋當做貨品。那些皮鞋顯然是由垃圾箱中揀來的，上面塗了炭灰之類。老婦將它們擺放在路燈的陰影下，不一定是因為那些「商品」來路不明，多半因了太寒磣。蹲在馬路牙子上，聽她講述她的被子媳遺棄，我想跟她說，乾脆乞討吧，卻難以出口。若干年後，我竟在京城極繁華的路段，見到類似情境。那也是個老者，守著一些舊皮鞋，在昂然而過的都市男女的腿縫間，畏縮而有淒苦之色。這也是「生意」！

隨處可見的貧困，如泥皮剝落的牆，如樹的節疤，提示著人世間的巨大缺陷，玷污著高雅之士的視界，刺激著又嘲弄著知識者脆弱的道德良心。我自知一再地寫老人的貧困、乞討，或也出於自虐。對於這一種苦難，我確實不但強迫自己去看，甚至忍不住去搜尋，像是只為了自我折磨，而在施捨時正如一個「淺薄的人道主義者」。我也知道我的生活方式與居住環境，已使我避免了經常地與貧困對面（儘管依一種稍為嚴格的尺度，我自己就生活在「貧困」中），否則我的「道德感情」終將因不斷的考驗而陷於麻木，甚或使整個生活虛偽。我知道自己的上述敏感多半因了早年所目擊的貧困，也應因早年讀「批判現實主義」文學刻印之深。《野草・求乞者》那種境界是我所陌生的（當然魯迅該文另有旨趣）。我已注定了不能修煉成為哲人。走過老人的地攤時，我也曾慚愧於自己的施捨之意，怕那是一種侮辱。因為即使他們所守著的只是一塊破布上的簡單貨品，也是在謀生而非乞討，或許正應當從中看出尊嚴的？

一九九九年七月

舊日庭院

在開封那個名叫「大坑沿」的胡同住過的，是我的童年記憶中一處最好的庭院。開封人管小湖叫「坑」，比如「包府坑」、「龍亭坑」。「大坑沿」指的應當是「包府坑」邊，而「包府」則是包龍圖的府邸。開封與這個民間昵稱「老包」的人物有關的文物，像是非止一處，可證人們對這黑面大漢的喜愛。我們住過去時，包府坑還在，但水已退，這一帶已非坑沿。那坑像是也不太遠，我們姊妹會偶而到坑邊散步，聽大姐講小說或電影故事，看月下水光閃爍如碎銀。記憶中的那坑像是並不小，有蘆葦在水中岸上。

這處房子的房東據說當過律師，又廣有房產。這處宅院本來像是留給自己住的。我們家住進了前院，後院的南屋租給了一對景姓老夫婦，房東家住上房和北屋。在童年的記憶中，這處宅子門樓像是很深，後來房東在由門樓開出的臨街的一間掛了「麻刀鋪」（販賣建築用的鍘碎的麻）的牌子，卻也並未見有什麼生意。倒是房東老伯，常常站在這鋪子的門板外，眼神陰沉地朝街頭窺看。後院之後，尚有一個園子，儘管已荒蕪傾圮，仍然大可作為孩子們的樂園——我喜歡這處庭院，大半也為此。父母做教員，家當自然有限。我們用的大半是房東的傢俱。現在想來，堂屋的長條几、八仙桌，應當是上好的紅木傢俱的吧，只是當時已不為人愛惜罷了。房東家送過我們一盆萬年青，彩繪的瓷盆，我們由開封帶到了鄭州，「文革」中奉命向鄉村「疏散」時，母親送給了一家國營書店，現在早已下落不明了。

記憶中那庭院並不小。當然我知道童年記憶之不可靠，正是在這些地方。孩子用了度量大小遠近的尺碼，總與大人不同。這是個很規整的院子，略如「京味小說」所寫京城的胡同人家，除了沒有天棚，石榴、金魚缸一應俱全，至於胖丫頭，我就是一個。院中除靠西牆的花壇上一株巨傘般的石榴樹外，還有一棵大槐樹，矗在靠南牆的花壇上；無花果則在門樓下，總像是蔭翳著一點什麼，令童年的我感到神秘。雕花的月門後房東住的院子，另有一棵高大的杏樹，將半樹樹蔭投到這院裏來。我們住的是一溜北屋，明瓦大窗。夏日裏，院牆和樹將大半個院子罩在了陰影下，冬季則會有一院潔淨的雪，和滿佈在玻璃窗上的冰花——這種精美絕倫的天工造物，我久已不見了。

門樓下影壁後，庭院的西北角是廁所，東南角切出了窄窄的一溜，是廚房所在的小院，乾娘就待在那裏。我不知何以將這婦人稱作了「乾娘」——顯然與民間認乾親的習俗無干；我們此前此後也有過其它女傭，但「乾娘」只此一人。「乾娘」是孩子們的叫法，父母則稱「趙嫂」——她恰與我們同姓。我不知道乾娘當時的年紀，但確已是兒童眼裏的老婦。這類記憶也往往不可靠。兒童度量大人的年紀，所用的尺碼也與成人不同。乾娘矮而偏胖，小腳，腦後綰了髻（當地叫小），是其時標準的老婦模樣。

儘管在那胡同很住了幾年，廚房小院在我的記憶中卻並不清晰。只記得乾娘所用的劣質頭油的濃膩氣味。我們用過早餐後，會見她坐在廚房前的小院中梳頭，綰髻。那頭髮長而油膩。有時大姐也在那小院洗頭。苗條而有一頭秀髮、梳了兩根長長的辮子、舞姿舒展的大姐，是我童年時崇拜的對象。

不記得乾娘是何時起到我家幫傭的。她似乎曾經是大戶人家的女子，丈夫不務正業，又像是曾關進局子裏。這類事在我的記憶中，都影影綽綽。但在許多年之後，我卻還能記起乾娘的勞碌。由廚房端飯菜到我們吃飯的堂屋，要斜穿過院子。由堂屋門上的玻璃看出去，會見乾娘端了飯菜，身子略向前傾，小腳邁著八字，急急地走過來。我所做的有限的家務勞動，通常也就是幫忙端端碗筷而已。除了春節一類大日子，乾娘總是在廚房吃飯，如舊時的廚娘。我還記得每到晚飯後，收拾完碗筷，擦拭了方桌、條几後，乾娘會在洋油燈光不到之處，疲憊不堪似地呻吟著，沉甸甸地坐下來。後來問起，父母說那時給她的工資，是每月 8 元，在當時不能算微薄。那時的一元錢，能買到一百個雞蛋。那年月雇得起傭人的人家想必不多，左鄰右舍就沒有見到。現在想來，承擔七口之家的幾乎全部家務，一定是件極辛苦的事。據我的印象，乾娘對我的家是滿意的。事後看來，雖辛苦如斯，在她，或許真的是一段較為安定的日子。後來離開我家跟了兒子，她還一再表示想再到我家，像是很懷念似的。

開封一帶因曾為黃河淤灌，是鹽鹼地，地面以至牆上，往往可見白花花的一層，其時有人即以刮這層「堿面」為生。胡同裏的水井則有甜水井、苦水井之分，苦水用於浣洗，甜水食用。常常可見賣水者，拉著裝了木製水箱的車在街上走。我們家的水曾經由哥哥挑。哥哥挑著水，大腳片踩在青石臺階上，水瀝瀝淌進門樓去。哥哥應徵入伍（後來又被退了回來）時，乾娘還抹過眼淚——想必也記起了哥哥挑水的好處。

我也曾跟著乾娘出門，應當去過她的家，卻也記不分明。只記得她的大兒子或兒子的兒子來向她討錢時，會帶幾個高粱面窩窩（即北京人說的窩頭）來。那窩窩黑得發亮，因多放了堿面，吃起來很香。也曾跟了乾娘走夜路（何以出門卻全不記得），沿街的店鋪上了門板，燈光由門縫泄出來。走在路上，乾娘會傳授給我一些很實用的經驗，比如犯不上與那個總在上學的路上向我和妹妹尋釁的男孩計較：「有拾金子的，有拾銀子的，沒有拾罵的。」那時的我，是個驕縱任性的女孩，會欺乾娘好脾氣，有胡同頑童似的惡作劇。乾娘也只是生氣地說聲「小孩家，逞臉！」同情、體貼是一種要由環境、經歷培養而成的能力。我自己則要在一些年之後，在吃多了苦頭之後，才會懂得體恤、同情。但乾娘的愁容是記得的。只是由於稟性慈和，那眉目間的愁苦也因而顯得柔和了。

除了做飯、灑掃、洗滌，乾娘像是還縫衣做鞋——至少我和妹妹的衣褲，多半是乾娘的手藝。常見她用了吃剩的粥將舊布片——不知開封人何以管這種舊布頭叫「破鋪陳」——一層層糊在案板背面打格褙，曬乾了比著鞋樣剪了做鞋底。她住在那四間北屋最靠裏的一間，沒有窗子，通常就在哥哥、姐姐所住房間，坐在靠窗的床上，在透過大玻璃窗的陽光下做針線。納鞋底時，在頭髮上蓖針，頭油自然有助於潤滑。棉鞋做好後，還要用了桐油塗到半腰以便踩雨雪。乾娘的針線活粗糙，常為母親所不滿。盛年時的母親，幹練果決，對己對人都苛，一有不滿，就會拉下臉去。全不記得乾娘在這種時候作何反應，無非那面容更其愁苦罷了。當年的母親確有一種足以令全家人震懾的威嚴，儘管並不常運用。每當父母午睡時，我們和乾娘無不屏息斂神，悄然出進，唯恐弄出響動。這種訓練對於我此後長時間的「集體生活」自然是有益的。直到婚後，還會嫌丈夫動作太大，聲音太響，近乎「野蠻」；卻又以為或許他較我更「個人」也更「自然」——誰知道呢！

那時街道已有電燈，但直到我們搬走，用的還是帶罩的洋油燈。晚上倘母親在，會大家圍坐在吃飯用的方桌邊讀書、寫作業。讀中學的大姐、哥哥好交遊，愛玩，常去的地方，除了包府坑外，還有城牆，和一處我們叫做「水門洞」的瀉洪閘。大姐、哥哥都是學校文藝活動的骨幹，偶而會邀了同學，月明之夜在院子裏大唱其歌。哥哥還曾導演過一臺家庭晚會，邀了房東及其它房客欣賞。乾娘這種時候在什麼地方，已全無印象。在我的記憶中，她似乎只在該出場時才出場，其它時候，即毫無聲息地隱在不為人注意的角隅裏。但乾娘的性情決不陰鬱，常常會因了大姐的一個很平常的笑話，不出聲地笑成一團，用手絹抹著眼淚。

我的記憶中保留了五十年代前半期的開封市民對「新社會」的熱情。那時的「五一」節還曾有過市民的化裝遊行。那真是愉快的日子。大姐和她所就讀的女中的學生也在遊行隊伍裏，戴著仿照蘇聯動畫片中的公主或烏克蘭民間服飾，用硬紙板做成的頭飾，後面綴著彩色紙條，令我羨慕不已。還記得在一個類似的節日裏，我跟乾娘到她稱為「嬸」的親戚家（是個和她的年紀相仿的婦人），吃了大碗的粉條燉肉。遷就母親的口味，平日飯食清淡，吃到放足了醬油和鹽的燉肉，竟也能這樣長久地記得。此外還記得曾與小夥伴跟著鄰居一位做街道工作的大媽抓「特務」，跟蹤一個形跡可疑者。

那庭院濃蔭下的寧靜，覆蓋了我的童年——嚴格地說，是一九五六年遷往鄭州前的那段童年。寧靜也因了與「成人世界」的間隔。我事實上是到了很久很久之後，在久已遠離了那庭院與庭院中的童年之後，才聽說了一些大人們的事。那成人世界距我其實並不真的那麼遠。我們常去遊玩的龍亭，高牆上有彈洞與血跡；彈洞據說是解放戰爭的遺跡，而血則是「鎮反」中自殺者留下的。我也曾在靜夜裏聽到過街上傳來的「坦白從寬、抗拒從嚴」的口號聲，其時即使未曾恐怖，也應當有某種神秘之感的吧。我不知是否應當為此而感激我的父母——無論他們自己的處境、心境如何，他們畢竟不曾將一丁點兒陰影投在我當時的世界裏。

「我的 50 年代」的前半段是由這庭院標記的。一九五七年後家庭生活的諸種變遷，使這庭院中的歲月對於我成為了永恆。我懷念其中的素樸、寧靜與單純，懷念那絕無沾染的純淨親情。一九五六年家遷到鄭州之後，乾娘去了小兒子家照料孫子，此後仍偶有來往。乾娘死於噎食症（即食道癌）前，我們姊妹曾去看望她。她去世前後，父親還寫了信去，申斥她的那個不孝的大兒子。

大約一九九六年的秋天吧，去開封開會，報到的那天，我幾乎步行斜穿過大半個城市，尋訪舊日蹤跡。那一秋多雨，大坑沿一帶道路泥濘。問了好幾個中年人，都已不知道我們住過的那處宅院。一個老婦記得我們的房東，遠遠地指點著那房子的方位，我沒有走過去。胡同中房舍破敝，全尋不回童年印象。真不明白這城何以衰敗至此，地方當局何不將用於製造假古董的資金，用在改造民居、改善居民的基本生存、城市的基本環境上。我當然明白，當年庭院中的生活連同其時的空氣，已永遠消失在了中原的塵沙中。寫這院落，不過欲將塵封中的舊事揭開一角，聊慰寂寞而已。這是一個家庭私有的一份記憶，在大歷史中自然無足重輕——大歷史不也由這些瑣瑣碎碎的人生構成？

一九九九年十月

溫馨

你或許忘記了許多被認為重要的事，卻偏偏記住了一些極細小的事——即如我似的記住了早年讀過的一份刊物的封面，那是一冊《兒童時代》；其時還另有一種刊物，《小朋友》，相信曾伴了不少如我似的城裏孩子長大的，不知何時停刊了。那一期《兒童時代》的封面，是一面山坡下，兩個放學後牧羊的孩子，伏在草叢中共讀一冊《兒童時代》，坡上可見小學的校門。我其實說不清楚自己何以會被如此簡單的一幅畫所吸引。那生活離當時的我很遙遠，那校門也不同於我就讀的學校，卻像是一向熟悉，如前生記憶。

在我，學生時代的美好，似乎只在小學的不到兩年間，其時我的家遷入了這座成為省會的城市，我轉入了這所小學，後來即由這小學畢業。

擔任我們六年級的語文課兼班主任的趙老師，紮了兩根刷子似的短辮，在我當時的感覺中已不算年輕。趙老師有著一個男性化的名字，在不瑣碎嘮叨這一點上，也略近於男性。個子像是很高（後來我當年的同學校正了我的判斷錯誤），顴骨微凸，神情安詳得近於嚴肅。儘管從不疾言厲色，那種男性似的嚴肅，不濫施慈愛，竟合了如我當年那樣的孩子們的胃口。我們或許正在試圖擺脫過分的關愛的年齡，最受不了婆婆媽媽。看得出來，班裏那些提前以成人自居的男生，對趙老師也像我一樣懷了敬畏。

那個年齡自然會有不少事發生。曾有一些時期令我心情複雜的，是我的一次「告密」行為。

多半受了其時「革命故事」的鼓勵，班裏的幾個男生，放學後竟在離學校不太遠處挖起地道來。其時我恰好打那裏經過，還幫了些忙，由家中取來了蠟燭之類，得了那些男生的贊許，用了當時流行的一本關於東北抗日聯軍的兒童讀物中的小主人公的名字稱呼我。過後不知經了怎樣的「思想鬥爭」，我主動向趙老師講了此事，很可能告訴了她我在安全方面的擔心。過了一些時候，我聽說那幾個男生被命寫了「檢查」。我猜想他們當時就認定了告密者。因為跡近叛賣，這一事件使我在一段相當長的時間裏經受了慚愧的折磨，縱然我確有正當的理由。我已不記得我如何面對那幾個男生。我當時的同學太好，他們似乎沒有流露出任何敵意。

那一年家庭變故，母親突然間成了人人所不齒的「右派」，使這個家庭經受了一九四九年以來的第一次重大打擊。在一次課前，似乎正是趙老師，向全班同學宣佈因我不能與母親劃清界限，撤銷少先隊大隊長的職務，該職務由同班的嚴姓同學接任。儀式極其簡單，沒有作任何別的解釋。畢業前的一個晚上，趙老師找我談話。那似乎是初夏，我們坐在辦公樓前的水泥臺上。令我印象深刻的，是趙老師幾乎始終沉默著。我們，她和我，就這麼面對著校園默默坐著。這沉默在當時一定使我緊張不安，卻在一些年之後，令我對趙老師生出了感激。在我的回想中，那沉默像是越來越意味深長——很可能我對此已詮釋過度。我寧願相信那經由無語所傳遞的，是同情，甚或還有困惑。

今天已很難想像，在這所小學與我同班的，竟有一些在當時的我看來已是青年的同學，於是班上常有某某跟某某要好的傳聞，議論者並無惡意，被議論者也不以為忤，大家都處之泰然。這所小學，如那一時期許多城市的以「育英」、「育才」命名的同類學校一樣，是以「幹部子弟」為接納對象的。那時還在「建國初期」，一些進城幹部在了斷與「糟糠之妻」的關係時，將已過了學齡的子女由鄉下接到了城市。

這些我至今也說不清年齡的同學，無疑給班級帶來了一種略近於成熟的氣氛。我不記得那個班上有過爭鬥，少男少女間難免的磕磕絆絆。似乎一派溫和。而如我似的孩子，自恃年少，有了偶而向大哥哥、大姐姐撒賴放刁的機會。

高姓同學似乎是那個班的班長，他脖子上有一道顯眼的疤，因而「頭容」略偏，在當時的我的感覺中，已是成人——或許只是大男孩而已。而他對我，確有一種兄長似的愛護，曾在集體活動時，騎了自行車帶著我，引來街頭頑童的嘲罵譏誚。有一段時間我沒有住校，黃昏在班級的園地裏勞動之後，他會帶領一群小男生送我直到家門口，分手時總要說一聲「毛毛再見」。我相信那是有意的保護，只有成熟的男子才會想到有實施這種保護的義務。

使我確信這種保護的，是畢業前的一晚，也是我的記憶中與這同學相處的最後一晚——儘管我們考取了同一所中學，卻因不同班，竟再沒有了交往，至今想來也仍不可思議。

那晚擔任少先隊工作的年輕老師找我談話，內容無非是「正確對待」之類。我不記得高姓同學是否在場，只記得談話結束，老師送我回家時，高姓同學始終與我們同行。老師一再要他走開，他卻默默地走在一側，對那老師的命令置若罔聞，甚至讓我感到了尷尬。終於聽到了父親那輛破自行車吱吱嘎嘎的聲音，我在黑暗中迎上去呼喊，果然是父親。

高姓同學的執拗，事後還令我迷惑。當時的我是個懵懂的孩子，並沒有意識到需要保護。直到一些年後，我才像是瞭解了那同學的好意。我相信不是哪個孩子，都能在這樣的年齡，承受如此細心的愛護的。那年我 13 歲。

初中時期高姓同學參了軍，我當時似乎知道這消息，卻不記得有任何表示，此後也不曾打聽過他的下落。直到前幾年，才由在京的老同學那裏，得知他轉業後當了工人，眼下生活很窘迫。他想必早已忘掉了那個被他兄長般地愛護過的女孩，更不會想到他的那些舉動，至今還會被那女孩懷著感激記起。

我其實不喜歡「溫馨」這字眼，嫌它太過甜膩，尤其在被諸種廣告、流行歌曲用濫了的時候。但如上的經歷，像是的確適於這種形容。直至過了而立之年讀研究生，我才重又由學生生活中找回了「美好」，但那三年仍然不便說「溫馨」。這一種感覺，似乎在少年時代短短的一兩年間被耗盡了，從此與我無緣。細細想來，那「溫馨」固然緣於人，也緣於我其時的狀態、心境，賴有種種我自己也說不清楚的條件的湊泊。有了這一種經歷，「我的 50 年代」就不曾被痛苦與憤懣所填充，儘管家庭遭遇了不幸。

感受「美好」是一種能力，母親就賦有這種能力。我隨時會由母親臉上看到，孩童般甜蜜的笑意在漾開去，那多半是在她想起了一件舊事的時候。她總能記起那些令她愉悅的舊事，那些事像是等在某處，準備著被她召喚。

我告訴自己，你也得隨時準備著與善良、真誠等等相遇，不拒絕哪怕一點微小的善意，極細心、用心地搜集起它們，用以滋養自己的心靈，使之不失柔軟。如若你承認你所經歷的人間不能免於缺陷，那麼這是你真正能夠做到的。

二〇〇一年五月

「有美一人」

——《讀人》續記

在題作「讀人」的一組隨筆中，我曾寫到對於人的姿容、儀態的鑒賞。之所以想到寫這些，是因為我發現，我們通常所認為保守刻板（尤其倫理意識）的古人，在鑒賞同類時，有時心態遠較我們更正常也更自然。顧炎武據說其貌不揚，但關於「美色」卻有不俗的見識。《日知錄》卷三「何彼襛矣」條，就以孔子刪餘的《詩》為例，說古人並不諱言女子的姿容之美，「豈若宋代以下之人，以此為諱而不道乎！」其時的另一大儒王夫之，在這題目上也見識通達。《詩廣傳》卷一徑直說，「姿容非妨貞之具」，所針對的自然是「宋代以下」道學空氣中的虛偽不情。他還感慨道：「愚哉！莊生之言天全也！必哀駘它、叔山無趾而後為天全也，則天胡不使之為縱目乎？」「天性者，形色也。棄天之美，以求陋樗櫟之木石，君子悲其無生之氣矣。」可見近代以來（尤其革命年代）美色之為禁忌性話題，正是得了宋代以下道學的真傳。

至於《詩》，確有關於「色」的極精緻的形容。即如「巧笑倩兮，美目盼兮」，就實在很美，誘你去想像那雙靈活轉動著的黑白分明的眸子。有時真的想看到一對如此清澈的眸子。《詩經》之後自然有的是關於女性容貌的描摹，卻總覺不若這寥寥的幾個字有想像的餘地。

生當現代中國，如阮籍似的臥鄰女之側不消說已跡近流氓，而如果一位男士恭維妻子之外的女子「你今天真美」，準會被認為有病的吧。較之對異性的鑒賞更其敏感的，或許竟是對同性的鑒賞。因而見諸古人文字的男性之於同性的激賞，每每令我有一點感動。即使在正史中，你也常常可見「美豐儀」、「美姿容」一類字樣。記得有一回我讀到關於其人「眉目如刻畫」的形容，竟停頓了一下，想像那「如刻畫」的，該是怎樣的眉目，並搜尋記憶，看是否見到過有類似容貌的人物。當然，你對此可以由古代中國的同性戀文化來解釋，但卻不便將對於同性的鑒賞讚美，籠統地劃歸「畸戀」一類。我倒寧願認為，我們的古人對於人的美，更能保持較為純粹的鑒賞態度，更坦然大度，也更有為細細地「讀人」所需要的餘裕。

由此我想到了自己關於女性之美的較早的經驗。

我讀初中的那段時間，那所中學有差不多一半校舍，仍然被一所將要併入他校的藝術專科學校佔據。走在校園中，會聽到藝專的那一半平房中傳出的鋼琴聲，和練聲者唱音階的聲音。那所學校有幾個漂亮的女子，常常為我們這班中學女生的目光所追逐，並依目測所得的順序，分別戲稱為「大俏」、「二俏」、「三俏」。大俏體態豐腴。二俏肥瘦適中，有著一張維吾爾族人似的輪廓鮮明的臉，據說曾在藝專排演的《劉三姐》中出演主角。我不曾看到這戲，還曾惋惜不已。兩俏作為女人，在我們眼裏都已過分成熟。三俏則是個青春煥發的少女，有著渾樸的不張揚的美，看上去像是更可親和——當然我們誰也沒有去試圖親近她。「俏」們想必也風聞過中學女生關於她們的說法，卻仍然神采飛揚地在我們的注視下連袂而過。中學自有風氣——那正是「大躍進年代」，以不修邊幅為時尚——女生們沒有人仿傚藝專女性的著裝，但我猜想在我們當時的年齡，三俏們仍然提供了一種有關儀表美的啟示，對於我們中的有些人，甚至還可能有一點開蒙的意味呢。

那期間還看到過其它當時以為極美的女人。比如一次上學時，在一所農學院門前的馬路上，一個像是中西混血的笑容明亮、腰肢健壯柔韌的女子，就曾如一道陽光似的令我心神愉悅。此後行經那地方，會期待著再看見她，卻從此不曾見到。

無論小學還是中學，或許出於對自身柔弱、不成熟的意識，低年級學生對於高班學生，往往懷了點莫名的敬畏。在一年新年晚會上，一個陌生的高班女生令滿臺生輝。其後的一個薄暮，我在教學樓下拐角處與這女生驀地相遇，一眼瞥見的，是那張美麗的臉的另一半，竟灰黑如蔭翳，給這臉敷染了一層陰森以至淒厲。以此種方式並置著的美與其殘缺，令我有瞬間的恐怖之感。事後我懷疑是否真的有過這迎面的相遇。倘若果真如我所見，那確是我至今目力所及的美豔絕倫的臉，儘管只有半邊。只是到了較遠的後來，才想到，擁有這毀損了的美貌的女孩，還能否保有一個正常的人生？那毀損是否也因了出常的美貌？這張臉可能有著怎樣曲折的故事？此後無論在教學樓下還是在學校的舞臺上，我都未再見到這女孩。或許她只是匆匆而來又匆匆而去，打我的生活中一擦而過，卻也因此成為了我少年時代的神秘經歷之一。奇怪的是當時的我像是並無好奇心，比如打探一下這女孩的任何消息。如若那時的我有深思的癖性，或許會震驚於造物之於人的殘忍，甚至生出某種「無常」、虛無之感的吧——也像是全無這類思路。但那擦肩而過時的匆匆一瞥，卻注定了久遠地保存在了記憶裏。

閱世如是之久，看到過的面孔已無以數計，能記住的卻寥寥無幾。甚至相處過一段時日的，其形容也在時間的磨蝕中漸就模糊。卻有幾個似不相干的身影，歷幾十年而仍有存留，這是否也屬於你與斯世的一種「緣」？

二〇〇〇年一月

歲末記吃

中國傳統的年節，無論作為其詮釋的是何種傳說，其實都與孩子無關。所有那些節對於孩子們，只意味著特定的吃食。我已經不記得自已到了何時才聽到「八月十五殺韃子」的傳說，以及被告知端午節與屈原間的因緣的——至今也仍對於這類有關「緣起」的解釋將信將疑。而所有那些舊曆節日中，春節最是「吃」節。這種習俗據說已有了變化，被媒體作為生活品質提高的一種證明。

年節之外，還有日常的吃。兒時的我也如母親，嗜食甜食。其時「點心」是奢侈品，所吃到的幾種，在時下都會的食品店中，多已由貨架上消失，比如江米條、蜜三刀之類；另有一種裹了糖的三角形的點心，極甜，鄉鎮大約還能見到。那時的孩子大約都饞糖，記得母親買了砂糖倒進糖罐時，我們總眼巴巴地看著，等著將黏在包糖的黃草紙上或散落在桌子上的糖粒，一粒粒拈起來。

長大了之後，仍好甜食。還記得讀大學時，北京冬季街頭的柿子，掰開了可見冰碴兒，不過五分錢一枚——已像是隔世的事了。人老了，仍會為攤檔上的柿子所吸引，卻已失卻了品嘗的勇氣。它們之於我，更是一段遙遠的往事。

真說不清兒時的日子何以過得那樣拮据。儘管多子女，畢竟父母都是教員，各有一份工資。有日本學者研究楊絳的《洗澡》，問到四五十年代之交的收入情況，供給制、工資制的具體實施，比如供給制期間所發實物（米、麵等）是如何折算的，人們用以購物的錢由何處來等等，我問父母，他們竟也茫然。可見記憶之不可靠。

其後的五六十年代之交，則有為了吃的排隊——為了一點補助的糧或油，以及為了其它什麼東西，整日整晌地排。除了人排，還用筐子、籃子、用磚頭排。已經記不清中學時期那些個珍貴的假期，將多少時間花費在了排隊上。那確是一種對於耐力的訓練。而吵架的本事，則是在干涉「加塞」時得到提高的。這種訓練即使到了現在也未必全無用處——在與售票員、售貨員口角的時候，即會將「蠻性遺留」暴露無遺。

近年來出版的「老照片」系列，以及那本《票證往事》，自然是絕好的懷舊的觸媒。但其意義當不止於懷舊，對於年輕者，那不也是一種有關「歷史生活」的知識？

經歷了漫長的匱乏年代，到了稍為豐裕之後，你會懷念那時的好胃口。即如我自己，對插隊的那段時間，就有這樣的懷念。其時在鄉下，平日也如鄉民吃烙餅，饅頭也就成了美味。每到公社所在的鎮子，總會去吃兩個饅頭、一碗燴菜過癮。我們這個插隊大學生的集體戶，是吃商品糧的，不但能吃到鄉民只能在年節吃的細糧，且每月有一點食用油，中午從地裏回來，可以炒一碗蘿蔔絲。因漫無計劃，月底沒了油，只能白水煮面。收工時摘一把紅薯葉，用來下面，因了胃口好，照樣吃得有滋有味。

那村子大，卻沒有北方鄉村往往有的飯場（當地也叫「飯市」），沿村路的村民就各自端了碗蹲在自家門口。我們所借住的鄉民的房子，成了附近幾戶的飯場。吃中飯時，鄰近人家的男子，會端了大大碗公來，蹲在我們的當門地上。來這裏只是吃飯，像是也不為聊天。幾個男人，各自埋頭吃自己的飯。我始終未能練出「蹲功」，因而不能隨俗，通常坐在門檻上。這或許是犯了某種忌的吧，最初常為鄉民所笑，到後來他們也就看慣了。

那一帶土質疏鬆，由村子去公社，有大段的路陷在田地之下，大約是車轍壓成的，人走在路上，幾不見頭頂。路邊有柿子樹，秋涼時熟透了的柿子就落在溝裏，任其爛掉。和同伴去公社，邊走邊揀來吃。食用這種極軟的柿子，那地方不說吃而說喝。看我喝個沒完，同伴說聲「丟我的人」，自顧自地走了，我卻仍興致不減地一路喝過去。

八十年代阿城的《棋王》一出，人們一時發懵，像是這才明白「吃」竟可以這樣描寫。小說中被認為筆筆有力的，是寫王一生的吃相。其實同篇中集體戶吃蛇肉的一段描寫，也不乏精彩。極俗而雅，阿城開了風氣。但此後的效尤，卻終不能再有那一種衝擊力。倒是「知青文學」或知青回憶中，往往可以讀到關於「精神會餐」的種種記述——「說吃」，也能提供匱乏中的卑微樂趣、使人得到「渺小的滿足」。食色，性也。吃與性交本是基本的生命活動，被鄭重地談論，總有一點特別的緣由。至於近幾年，則多少也得自布羅岱爾、「年鑒派史學」的暗中提示。這提示決非無謂，我自己也發現，大量過往的生活細節，被「規範化」了的「記憶」給篩除了。

生長於匱乏中，我始終缺乏「美食」這一種經驗與訓練，至今也不大能領略世人所以為的味之美，更熟悉而適意的，仍是「布帛菽粟」的風味。當胃口不再好，即往往食而不知其味。若與友朋同吃，樂趣更在聊天，吃的無寧說更是「話」。至於記憶中的美味如上所述，則適足以自證其窮措大式的寒磣。據說「貴族氣質」至少要有三代才能養成，看來我所屬的這代人是與此無緣了。

本文所寫，與其說是關於「吃」的，不如說是關於失去了的「好胃口」的記憶。為匱乏時代配備的好胃口，當稍為豐裕之時即適時收回，像是造物開的一個玩笑。而「豐裕」的說法究竟有怎樣的適用性，也不免可疑。不知貧困地區的農民、下崗工人吃些什麼，他們用了何種食物過節。真的很希望他們的餐桌也能豐裕起來——這一天或許不至於太遠？

二〇〇〇年十二月

鄰翁

七十年代初當我們幾個人組成「大學生集體戶」時，借住了生產隊一個青年農民尚未使用過的新房。這三間西房一明兩暗，半用了磚瓦半用了土坯，在其時已是不錯的農舍。與我們為鄰的，是一溜北屋，住著房主的叔伯親戚。那排房的西頭，與我們所住的那間只隔了露天茅房的，是那老人的小屋。

這老人身材相當高大，是房主的爺爺，與他的大兒子、兒媳住在一起，由幾個兒子輪值供飯。

或許是插隊之初吧，我們曾有一次將老人請到借住的房裏，那天老人興致極好，還講到私塾裏學過的「上論語」、「下論語」。那個村子，不會有另外的人聽他講這題目。另有一次，我們中的一個發現了送到老人那裏的飯食太粗惡，義憤之餘，用我們的烙餅換了那乾硬的餅子。這樣的事是如此偶然，更多的時候，我們也像村民一樣忘卻了他的存在。不知那一次交談，那一塊烙餅，會不會被老人長久地咀嚼？

那兩年裏，我不記得除了一件已分辨不出顏色的棉袍外，老人還穿過別的什麼。內衣肯定是沒有的——那村裏的男性農民，除了活得較為滋潤的，如生產隊的會計，多半不會知道「內衣」為何物。我甚至記不起這老人當盛夏時的衣著，難道仍然穿了那棉袍？每到「飯時」，我們會看到他的哪個孫女或孫媳婦端了飯來，面無表情地走開。他的兒孫們的義務，只在供應給他粗糙簡單的飯食，他的需求被認為僅限於此。我幾乎沒有聽到過他的親屬與他之間的任何交談，他們大約只是在輪值送飯的那天才會想到，他還活在那間小屋裏。與他一牆之隔的兒子一家，也極少有彼此間的交談。但即使現在想來，這老人也決非鄉村中最不幸者，他的兒孫畢竟還沒有放棄供養的義務。比之時下那些被遺棄的老人，他的處境已經是正常的了。

老人生前，我不記得曾走進過他那間小屋——那小屋很可能除了床、方桌外一無所有——甚至常常感覺不到他的存在，否則不至於記不起他夏季的衣著。儘管是緊鄰，那間小屋似乎全無聲息，比如咳聲，或別的什麼聲音——我們的確有理由忘了他的存在。夜間在油燈下讀書，或有電時在電燈下繡風景，也全未察覺過近處的響動。老人似乎讓自己溶化在了夜靜中。

我只是現在才想到，不知我們住在了這裏，對於老人意味著什麼，是否讓他興奮過。我們與他為鄰，是否使得他較為安心，至少短暫地，給了他的生活一點顏色？也是現在，才想到，這個早年識過一些字的頭腦清楚的老人，或許曾暗中觀察過我們，諦聽過這相鄰的幾間房中的動靜。想到我們可能於不覺間被注視與傾聽，這麼多年後竟使我有了些微的不安。

趕集的日子，我曾看到老人在一個熟肉攤子附近，站在圍著肉的那些人中，由別人身後向裏看，伸長了脖子。不知他是否終於吃到了那肉，有沒有錢買那肉。只記得當時暗自驚奇，老人竟然獨自走了那麼遠到這集上。他或許太想吃一點肉了。後來他向我借了幾斤糧票，神色倉皇，顯然不希望被家人看到。我當時可能會想到，他是否更需要錢。但也只是想一想而已。大家都窮，肉是奢侈品，那時的我確也不會認為，老人的這種願望有必要滿足，儘管孟夫子早就說過：「五畝之宅，樹之以桑，五十者可以衣帛矣。雞豚狗彘之畜，無失其時，七十者可以食肉矣……」(《孟子・梁惠王》)

其時我的父母由城市「疏散」到了鄉村，探親時也曾想到，是否給老人帶一點吃的，比如鄉下的那種粗糙的點心，或熟肉，也只是想到而已，不曾當真，雖然這是極簡單的事。

下地幹活時，會看到老人的背影，孤零零的，在村外空曠的田地上，或竟在生產大隊的林場一帶，那看不出顏色的棉袍正如一堆土，以至那背影幾乎消融在了灰黃的土中。我不記得曾去與他搭訕。他就那麼堆在那裏，沒有人留意，沒有人過問。

我沒有為他做任何事，任何隨手可做的事，卻在遙遠的事後，記起了那土堆樣的背影，記住了那集市上伸長了脖子的窺看。我不能解釋自己的冷漠，即使在注意到了上述的那些——否則它們不會如此清晰地留在我的記憶中——之後，仍然如此冷漠。要到一些年後，我才會關注老人的處境，那一部分敏感才終於被喚醒。寫這文字的當兒我也想到，我的遲到的懺悔或許太過誇張，我能給予別人的，並不如自以為的那樣多。即使重來一遍，也未必就能改善老人的處境，而又不招致他的家人以及村人的反感。事實很可能是，我們無力改變別人的生活，甚至那「別人」，其生活也未必如我所設想的不堪。

老人去世時，我正在縣城。事後聽一道插隊的同伴說，老人吐了不少血塊，氣味很難聞。生產隊長和村裏的男人們綁了擔架，準備送縣醫院的，不知為什麼沒有去。那一夜幾乎隊上的男勞力都擠在了那小屋裏。我能想像那情境，塞了滿屋子的人，有一搭沒一搭的閒談，一口口的痰啐在地上。那些人的體臭和噴吐的煙，或許使老人窒息。他終於引起了這麼多人的注意。但他肯定希望一個人安安靜靜地躺著，熬過最後的那段時光。

據同伴說，老人臨終前極其清醒，甚至沒有忘記托他還給借我的幾斤糧票。那同伴代表集體戶送了花圈。其時我插隊的鄉村還未興這種洋規矩，我由縣城回到村裏，女孩們興奮地向我報告的，是那花圈的事，花圈下的老人已不再被人提起。花圈在村外的墳地上待了很久，直到破爛不堪，抖簌在風中，由村裏去公社時一眼就能看見。

老人去世後，我曾在他的那間小屋住了一夜，其時的動機，或許只在破破鄉民關於死人的迷信，或竟為了逞強，顯示一下勇敢。在那小屋裏我睡得很不踏實，一夜驚魂，天亮了才發現方桌下站著一隻雞，是打門檻下鑽了進來過夜的。這事不消說成了村民的笑談，很可能直到現在，還會作為「那幾個大學生」的軼事，在田間地頭或飯場上被談古似地提起的吧。我卻不能不自慚輕薄，為了自己住進老人不久前還住著的屋子，開這樣無聊的玩笑。

那間小屋想必翻蓋過了，另派了用場。

二○○一年六月

養鳥者語

丈夫是反對籠養鳥的，但當一個秋日，那只別人家走失了的虎皮鸚鵡不請自來，他的原則（某「道」）即得到了一個考驗的機會。事後他一再申辯，說他是為了我父親才留下那鳥的，其實我全無推究他知行是否一致之意。

那天我由單位回家，那鳥就停在父親稀疏而軟的白髮上。據說這只餓急了的鳥先是落在陽臺上，丈夫一將門打開就飛了進來。我見到它之前，已經在父親手上啄過小米。當日丈夫就買了籠子，以及一本關於鸚鵡的小冊子。由那小冊子得知，這種經了馴養的鸚鵡叫做「手玩鳥」。此後我們再也沒有養過這樣刁鑽活潑跟人親和的鳥。倘若不是它，我們像是不大會將養鳥的興趣維持到一年以上。在它死去後，我們其實一直在等待著像它那樣的鳥，卻沒有自己馴養一隻的耐心。

那只鳥對人「親和」的表現之一，是當你把手指伸向籠子，它上來就啄，眼神兇狠。我將此視作鳥與人的「平等感」。我們後來所養的其它鸚鵡，則一定會在這當兒避開，或一臉平淡地視若無睹。想來那些鳥更明白我們跟它們，是不同的物種。丈夫為彌補籠養的缺憾，每天下午放鸚鵡出籠，在室內嬉戲（其代價是所養的米蘭多了幾根枯枝——鸚鵡的喙本是為了剝啄而準備的），這鳥就在你腳邊覓食，毫無懼意。即使這樣，我們也未曾體驗過人與動物「交流」的那種境界，而我也懷疑發生在人與寵物間的交流所能抵達的限度。那些動物縱然成了「準家庭成員」，也仍然是被人禁閉與從外部觀看的對象。它們何嘗真的進入過人的生活！

鸚鵡引起了我與丈夫的興趣的，想必是它們的夫妻生活。我們樂於欣賞它們的卿卿我我。那親昵的通常表現，即吸吮對方的喙，且宛轉不已，極盡纏綿。我們養過的一對鸚鵡，曾在室內「放養」時走散在兩個房間，於是彼此呼喚、尋覓；當著終於相聚時，即在塵土厚積的衣櫃上激動地相互吮吸。丈夫在為那最初收養的「手玩鳥」選擇配偶時，上了鳥販子的當，買回的是只老公鳥。少妻既兇悍，公鳥常常被啄得毛羽淩亂，毫無招架之力。但到它們相繼發病之時，動人的一幕出現了。其時正是冬天，或許它們在室外受了風寒。先發病的是母鳥。那天放風時這手玩鳥已病懨懨的，老公鳥也像是因此而意興索然，全不計前嫌，陪伴著病的妻早早地返回了籠中。當晚母鳥病勢轉急。淩晨的昏暗中，我與丈夫躺在床上，聽著她臨終前掙扎時翅膀的劇烈拍擊，都有一種悲壯與淒涼之感，第一次體驗到了飼養寵物的情感代價。聊以自慰的是，總算有公鳥相伴，那鳥死得不那麼寂寞。

此後鸚鵡們有出走也有投奔而來，有過一妻一妾以至多妻的那種情形。而那公鳥的平衡術，其在幾隻異性間的周旋，也增加了我們觀察的興趣。套用《莊子》所謂「盜亦有道」，鳥也自有其道。我於是想，人們飼養動物的熱情，有多少是來自對人類自身的認知熱情？你可以放心地窺視它們的「兩性生活」而不必有道德負擔，卻又在同時將動物們納入了人類特有的道德秩序（當我使用「窺視」這個字眼時，我將自己的行為也道德化了）。你由所謂「動物行為」的研究中，隨處可感人類自己的倫理趣味。人依了自己的生存方式、社會組織讀鳥（及其它動物）。倘若不能從中辨認人類自身的生存情境，不知人們是否還能維持飼養寵物的熱情。人需要種種關於自身的象喻，在這方面也難以饜足。電視節目有關動物行為的擬人化的解說，引導人們由那異類讀出的，豈不正是人類、人倫！這也正是人所以為人。

人在其一切關係上，都打上了自己種屬的印記。人所不能掙脫的，正是人自己。

在一年多的養鳥經歷中，遇到過極乖巧的鳥，在伺機逃走時的用智用巧，正可歸入鳥類中的「技術型知識分子」。鸚鵡像是有強烈的出逃衝動，我們因操作不慎，一再發生此類事件。這種事是令人沮喪的，丈夫尤其會懊惱不已，不斷地到陽臺守候，期待那鳥萬一的歸來；且因知道鸚鵡在籠養過程中野外生存能力的喪失，對它的命運有一份擔憂。黃昏了，這小生靈會不會懼怕黑暗？它將在哪裏度過這恐怖之夜？有沒有找到食物和水？丈夫較之我確也更缺乏這一種心理承受能力，對這些小生命有比我細心得多的體貼與牽掛，也更易於因此而受傷。看來我們的不要子女確屬明智的選擇。一次為捉一隻鸚鵡回籠，失手拔去了它的尾巴，丈夫頓時沮喪，說，再不養了！所幸那鳥的長尾又長了出來。這鳥早已出逃，不知是否還活在世上。

後來我們更發現，籠子對於鳥，並不都那麼可憎。固然有一意出逃的，卻也有一意要進入的，正如人類之於圍城。去年當秋意已深，我們就前後收養了兩隻鸚鵡，其中的一隻毛色晦暗，臉上有疤，跛著一隻腳，我疑心是被主人放逐的。這鳥先是在陽臺上啄丈夫給麻雀投的食，然後就尋找鳥籠的入口，在籠子上爬來爬去，在被請進籠中之前，即臥在由籠中伸出的橫架的一端，儼然已以「自己人」自居。被收養的兩隻鸚鵡都曾逃出過籠子，令人驚訝的是，又都自動地返回。這又鼓勵了丈夫「放養」的熱情，曾幾次放飛，它們也都自動返回。在鸚鵡飼養中，這或許是稀有的經驗吧。我的解釋是，正因有了飢餓與被人們追逐的創傷記憶，對「自由」的代價知之已深，於是有了對籠子的留戀——籠提供了食物、水以及安全。是否可以認為，這給生存之為「第一義」提供了證明？當然，動物的不願返回「大自然」，也正屬於人類所造的孽。

半年多之後，正是這只形容醜陋而兇悍的鳥，創造了一項奇跡：獨力哺育出了兩隻小鸚鵡。那在我們的感覺中極其漫長的孵卵與餵食過程，是由她獨自完成的——她尚在孵蛋時，我們因大意而放走了她的丈夫。據有關鸚鵡的小冊子，本應由母鳥孵蛋，而由公鳥餵食的。在發現公鳥走失的那個早晨，看到母鳥扒著「產房」的門淒厲地鳴叫，我和丈夫都為之慘然。這只看起來已精疲力竭的鳥，竟奮力掙扎著，完成了全過程，令我們對其油然生出了敬意。那段日子，鸚鵡是我與丈夫的中心話題，母鳥的勤惰，其由「產房」進出的次數，是否倦怠，都在我們密切的關注之下。而聽雛鳥細細的合唱，分辨其細小的聲音，則是照例的晚課；直到一個清晨，一隻翠綠的小鳥飛出了產房，而另一隻毛茸茸的淡黃的小腦袋，在產房的門邊窺看世界。和這清澈晶亮的黑眼睛對視，是一種極新鮮的經驗，你體驗到了一點難以言說的柔情。

這應當是我們不足兩年的養鳥史的高潮，高潮之後落幕，也正順理成章。儘管體驗了上述柔情，我發現我與丈夫並不適於飼養寵物。也如雖有養花的成功卻並非愛花者，我們也非愛鳥者。丈夫對動物的興趣，更宜於由給麻雀投食而得到滿足——那種方式也更合於他的原則。我們尤其不適於飼養其它更長於與人交流的寵物，比如狗或貓，我想我們一定承受不了「失去」的打擊。事實上我一直在以逃避激情來逃避傷害，主張有節制地投入，遵奉的是犬儒式的生存策略，服膺的是《莊子》哲學。無所得也就無所失，於是可以將日子平安地敷衍下去。

散文寫養貓養狗之被認為無聊，我是早知道了的，因而寫這題目像是自甘墮落。但那些動物們豈不早已構成了人的「生活世界」的一部分？而將小動物寫到活現紙上，實在也要下相當的觀察功夫，且要有敏感而仁愛之心的吧。老舍筆下的「舍貓小球」就曾令我念念不忘。慚愧的是我的筆終不能有那樣的生動。這固然因了能力，卻也證明了愛之不深，以及不適於飼養寵物。由此看來，「養鳥」這一段小插曲，終結得正是時候。

一九九九年十一月

附記：

當著為鸚鵡清理產房時，由鋸末與鳥糞中，我發現了一隻已毛羽齊備的死鳥。這乾掉了的鳥不知死於何時。於是我知道了單身母親終於未能喂活三隻雛鳥，而發生在雛鳥間的生存搏戰之嚴酷，也非我所能想像。在那些諦聽雛鳥鳴叫的靜夜裏，我們竟未曾注意到一個細小的聲音由合唱中的消失，這事後的發現令我黯然。

收藏

如若你多少有過一點從事收藏的經歷，回頭檢視一下不同時期的藏品，可以知道你的生活狀態、趣味，在歲月中發生過怎樣的變動。

正如多數人，我沒有收藏的嗜好，卻也有過收藏的經歷，尤其兒時，誰個全無收藏呢？還記得那時候藏品的駁雜。有一個時期搜集各色花布頭，大約為了給布娃娃縫製點什麼。還搜集過包水果糖的「玻璃紙」，但都像是有始無終。其時經常的遊戲，是在所租房子的後園與同伴們過家家（我們的說法，是「娃娃家」），細瓷的碎碗片，倘若花色漂亮的，就成了寶貝，那心理，正如有錢而風雅的人物的寶愛名瓷。「家家」過得很認真，碎瓷片即碗盤杯盞。

長大了之後，仍然沒有「收藏」這一種高雅的嗜好，包括不為了收藏而購書，卻也如兒時的時有收藏。即如各種包裝袋，各色包裝用的紙盒——既出於惜物的積習，也為了日後派上用場。父親的將鏽鐵釘、廢鐵絲、竹片木屑都運回家來，也無非為此。這自然與作為嗜好的「收藏」無干，更應當看作長久「匱乏」的一份後果。記得路翎寫到過一個曾家境富裕的婦人，在敗落後的貧窶中，揀了別人丟棄的瓶子盒子，擦拭得光可鑒人，用以陳設她的陋室。我久久不能忘記這細節的酸楚意味，儘管作者用筆極其冷靜，甚至含了揶揄。

父母的家，也如通常老人的家，是由雜物堆積而成的，那些物品各有歷史，因而獲取了佔據一塊位置的權利。我直到較晚才懂得尊重這些「實物歷史」，學會更謹慎地對待這類「家庭文物」。其間也曾出過一次差錯，事後令我懊悔不迭。那是一個已看不大出顏色的大盤子，像是鈞瓷的，通常放在廚房的水泥檯子上，只在年節時偶而用一次。搬家時我隨手將它扔掉了，過後母親大驚失色，說那是文物啊，我本來想送給博物館的！我這才知道，這只被我當做垃圾清理出去的舊盤子，是家族中一位有幾分傻氣的長輩，五十年代初打古董店買來的。這件事很讓我沮喪了一陣子，倒不全為了價值，而是不能忘掉母親失望的神情。

我至今也仍無文物知識，全不懂得收藏與鑒賞，相信這一種能力，非有相當的財力便無由獲得。當然也有無須多貲的收藏。近年來興起的某些專題收藏，更像是西方時尚的東移，要求於收藏者的，更是好興致（甚至情趣、情調）與足夠的耐心。

有收藏即有散失，這幾乎是宿命。這些年讀「明清之際」，「載籍之厄」是一再遇到的題目，這類題目之下，總是盛載了無限的感慨。每一回「易代」，都難免於此種厄難。只是其時的士人還不具備足夠的想像力，去想像「文革」式的有動員、有組織的洗劫。這洗劫之徹底超出了任何一場戰亂，以至凡經了這劫火的，都應當歸入「倖存」之列。至今我看到某種古籍、古玩，即刻想到的往往就是，這東西何以竟完好無損地保存至今？但劫火之後仍有收藏，而且像是更有氣魄，非但不以命定的散失為戒，且藏品越發多樣，收藏行為也愈趨規範。看來收藏確係人的一種天性，不會被劫難嚇退的。我的一位興致奇佳的友人，就雖一再遭竊，仍樂此不疲。

到了如「明清之際」似的在劫難逃，《莊子》式的智慧就會及時趕來充當勸慰者的角色，開導你不要以得失介懷，告訴你無所得即無所失，何不一無掛礙超然物外而作逍遙遊？你倘若讀過一點《莊子》，或雖未讀過卻無師自通，也不難於自我寬慰譬解——人的自我保存畢竟是第一義的。與本文的題旨有關而最稱名篇的，李清照的《金石錄後序》，在講述了其藏品得而復失的淒涼故事後，也有幾句達觀的話，「然有有必有無，有聚必有散，乃理之常。人亡弓，人得之，又胡足道」；說是自己所以記此，不過「欲為後世好古博雅者之戒」。

畢竟在總人口中，從事這一種收藏者少，《金石錄後序》被後人讀出的，與其說是關於收藏的故事，無寧說是收藏者的故事，李清照、趙明誠的故事。卻仍有人樂於誤讀，說上面那幾句自我寬慰的話大謬不然，被顧炎武收在了《日知錄》裏（卷二一「古器」)。至於李清照的因金石散失而有此名文，卻又證明了「紙墨更壽於金石」。

太通達了也自有弊。收藏者的視藏品為性命，可貴處正在那種生死以之的執著，如魯迅所說「糾纏如毒蛇，執著如怨鬼，二六時中，沒有已時」(《華蓋集・雜感》)。這執著從來為人世間所稀有，或許較之任一種藏品都值得珍視。倘若收藏而無得失心，不以存亡繫念，達則達矣，又像是連收藏也已不必。看起來這裏面的道理還真的並不容易釐清呢。無癖、嗜往往即無執持，有癖、嗜又不免於生存有妨。其實本沒有絕對無弊的「生存策略」，倒不如不講求「策略」，適任性情的好。

前一時與兩個年輕人去贛南，離開某地時，女孩遺落了一把小梳子。偶而重過該地，她所做的頭一件事，即找回那把梳子。她說，那是朋友所贈，不能丟失的。我理解這種感情，與那對象價值幾何無關。小梳子既與一段情誼相連，就值得愛惜。如我似的普通人收藏的動機，有時只緣於此——收藏的無寧說更是一段友情，一段親情，與博物館的收藏「物化歷史」，不過有意義大小之別。

關於收藏，想到了這些意思，就寫在這裏。

二〇〇一年五月

「簡單生活」

一九九五年秋天，因了一個會議的安排，有洛陽龍門之遊，在這豫西城市吃了頓當地有名的「水席」（即全部以羹做成的「席」）。那飯店生意極好，食客盈門。席間看到有赤膊的男子呼盧喝雉，怕香港來的鄭小姐看得不雅，她的反應卻出乎我的意料。她看向那幾個人，說：「他們一定很快活。」我們確實可能忘卻了一些「粗俗的快樂」。像我家鄉的城市夏夜赤膊趿著拖鞋的男人、鄉村中精赤條條的孩子們享用的那種。

還記得插隊時對土地的感覺。鄉間的土地是乾淨的。在生產隊幹活，工間休息時，常常舒展開身子就地躺下。泥土裏生長的，都是乾淨的（當時農藥的使用還沒有眼下的普及），生茄子生南瓜，摘了就吃。桃子有毛，村裏女伴也只是在鞋幫上蹭蹭。面對這份健旺的生命力，我也如《四世同堂》中有教養的市民看鄉下來的老爺子吃麵條，不勝神往。

在生活日漸精緻化了之後，你的確會懷念某些極單純且不粗俗的快樂。看到過一幅版畫：一隻未上漆的木板飯桌，桌面上有酒杯，供獨酌用的，幾根紅辣椒，一隻切開了的醃蛋。你想到了這飯桌正等著的那個人，農人或農場工人。那應當是個夏日的黃昏，院子裏剛潑了水，桌邊的籬笆那兒，正有涼意細細地透過來。

我們確實在失去某些單純的快樂；在失去了使生活回覆單純的能力的同時，也失去了享用這種單純的快樂的能力。已過世的汪曾祺寫過一篇《安樂居》，寫胡同老人在一爿小店，由一毛三分一兩的酒、一個醬兔頭找到的樂子。在美式速食文化大舉入侵之後，舊時北京大碗茶、炸醬麵的風味，還有多少人能夠領略？

經了出版界的策劃，「簡單」似乎在成為新的時尚。你在書店中看到了整批躉來的「簡單生活」指南。我其實不知道有關的主張對於年輕者——即消費主力——的實際影響，想到的卻是，在推行「簡單生活」時，有必要做一些基本的區分。我們的生活曾經極其簡單過。近年來大量面世的老照片，就讓人們重溫了五六十年代根源於匱乏的「簡單」；今天的貧困地區，隨處可見的，也仍然是近乎一無所有的「簡單」。「簡單」不等於匱乏，我知道那些「指南」已經將此講得很清楚。此外不消說的是，此種簡單區別於無論中外都曾經有過的禁欲主義。倘若「簡單生活」的要義被歸結為節欲，古代中國本不乏此種思路，無寧說資源豐富得很。即如由極其精緻的《莊子》哲學中抽繹出的「物役」、「物累」的思理。儒家之徒（尤其理學之士）也善用減法。近些年讀「明清之際」，曾著意於搜集其時士人的有關議論，即如「省言、省笑、省筆劄、省交遊、省妄想，所不可一刻省者，居敬讀書耳」（金鉉《觀上齋紀程》，《金忠潔集》卷一）；另如「克而又克，以至於無欲之可克；存而又存，以至於無理之可存」（《二曲集》卷二《學髓》）。倘若主張「簡單生活」而又返回了制欲的老路，未見得是幸事，甚至不難預期若干年後，風氣又回到了它的對極。豈不聞「三十年河東，三十年河西」「風水輪流轉」？

怕的是原本合理的主張，時尚化之後即變了味道。某文摘類報紙，摘登了發表在南方某報上的題為「簡化你的生活」的文字，要人們放棄種種「多餘」，由多餘的項鍊、胸針，直到「多餘表情」、「多餘語言」、「多餘朋友」，等等。其所謂「簡化」，顯然有「量化」的標準；而「簡單的生活」，即可操控、諸種成分經了計量的生活。只怕這麼一來，那生活更複雜了。什麼是「多餘」的朋友？沒用的還是無益的？「多餘」的表情呢？倘若結交以至喜怒哀樂之際，都要掂量一番是否「多餘」，及時淘汰或及時控制面部肌肉運動，「簡單的生活」將比之「複雜的生活」更其累人的吧。那篇文字還涉及了值得不值得，即如有幾封信值得你花費郵資——老祖宗即使在談論制欲時，也還不至於功利至此。

我以為更有必要培養的，無寧說是一種心理能力，將生活單純化的以及體驗單純之境的能力，這似乎更是一種審美能力，與擁有幾枚項鍊或胸針，沒有多少關係。這自然已是另一個題目，留待以後再做。

二〇〇一年四月

二〇〇〇年春天

剛剛過去的這個春天，或許會有一點什麼被記錄在某種歷史文獻上。這個春天的氣候與文化氣候都有詭異之處——大風揚沙，家鄉有禾苗枯乾的消息；風沙彌漫中，某畫報使用了如下標題：「英雄保爾由螢屏走來」。據說中國版的電視連續劇《鋼鐵是怎樣煉成的》的觀看者，多在中年以上。我相信那二十集電視劇對於他們，更是懷舊的觸媒。也如幾代人至今仍會在聚會的場合唱俄羅斯民歌、蘇聯歌曲——他們憑藉了歌聲彼此走近，相互辨認。那些歌與其說屬於他們共有的音樂愛好，不如說是他們共同擁有的過去。我是經了朋友的提示，由電視劇的中段看起的，竟也不期然地怦然心動，被那歌、那形象（不如說飾演者）的氣質所吸引，有遙遠的往事，如煙似霧地，由記憶的深處升起。

四、五月之交，北京人藝小劇場演出《切・格瓦拉》，有朋友要我去看，說是場面火爆。「五一」放了長假，據說意在以「假日經濟」拉動內需。進場前我在劇場一側的一家小飯店裏，對著街坐著，吃一碟炸醬麵。有零落的楊花由馬路上飄過，店前走過消費假日的人們。有個女人對身邊走著的孩子說，「養精蓄銳，明天再玩」。排隊等候進場時，我看到排在前面的年輕人塗了髮油、後脖梗堆著贅肉（我還注意到那發茬間分佈著痱子似的紅點，此君顯然已提前入了夏），想，格瓦拉和這人有何相干？即刻又自問，那麼和你呢？那天我穿著一件居民區裁縫縫製的絲質中式上衣，看起來大約有點像舊時代大戶人家的老僕婦。

坐在劇場上的，大多是青年。有個女孩，大約因了好奇，翻過座位來看我手中的書（那是一本羅蘭·巴特的小冊子）。一個半小時的演出中，穿插了大量歌曲，反覆詠唱著那個名字。演唱者將「切」字拉長，然後唱出「格瓦拉」。七個年輕人，三男四女，在劇場中慷慨激昂地談論「革命」、「無產階級」、「社會主義」、「帝國主義」；挖苦「自由主義」、「後現代主義」、「後後現代主義」、「前前後後現代主義」、「女權主義」、「女性主義」（以及為了揶揄而杜撰的種種「主義」）；挖苦美國文化崇拜以及移民，說「當今的知識精英，腦子裏全是美國思想」；尤為刺激的話題，是窮人、富人，社會分配的不公。他們引用了毛主席語錄，「哪裏有壓迫，哪裏就有反抗」。終場時則是國際歌，與由一個小夥子滿場揮舞的紅旗。由「後文革時期」的青年口中聽到這些字眼和語句，有怪異之感。演出的始終，坐在我近處的一個青年不停地嗤笑。即使沒有這令人不快的聲音，我也仍時刻意識著這個二〇〇〇年春天的夜晚。而且我知道，附近的大劇場，正在演出古裝劇《風月無邊》，幾位頗有人緣的名角，在演繹李漁的纏綿故事。

散場後走回街上，迎面有「紅男綠女」相擁而過。我禁不住獨自笑著。公車由夜的街市駛過，我瞥見坐在店鋪臺階上聊天的老人。那舞臺上的革命想必與假日男女也與這些老人了不相干。其實即使曾經發生過的革命，與街頭男女又何嘗都相干。丁玲的題作《一天》的短篇，所寫就是這種故事。在二〇〇〇年春天這個漫長的假日裏，北京一個小劇場舞臺上的「革命」，儘管在假日消費的空氣中有幾分古怪，其實也並不難解釋——來到這劇場的不少年輕人，不也正是為了消費假日、消費青春？

我的去看那戲，固然因了切的精神魅力，卻也如對於保爾，也因了對那形象——不如說對那張由記者拍攝的照片——的喜愛。那裏確有一種強有力的動人心魄的美。記得在《讀書》雜誌上讀到過一篇文章，說格瓦拉為美與高尚的統一提供了證明。革命時期的道德或許真的曾經淨化過心靈，改善過人的氣質，螢屏與舞臺則再次提純，給你看到「純潔」以至「純粹」，你由此可以相信人世間真的有「崇高」，不止在「聖徒傳」裏。

由報紙上看到俄國某報關於《鋼鐵》的報導，說演出這劇的烏克蘭演員認為他們演繹的故事「純得近於天真」。也是由報紙，看到採訪者問飾演保爾的烏克蘭演員，是否崇拜保爾，回答是他沒有偶像，保爾只是他的一個朋友。不知那些可愛的烏克蘭人，是否真的弄懂了中國，也不知演出《切》的年輕人，回到後臺、回到家裏之後會說些什麼。但我同時也知道，保爾的「走來」早在醞釀中，《鋼鐵》一書的熱銷，幾年前就發生過；即使不是格瓦拉，也會有另外的「亡靈」被召喚了來表達對於貧富日益不均、分配日益不公的抗議。或許還可以認為，這個春天又證實了隱蔽在瑣屑的日常生存下的對英雄、對英雄時代的嚮往？

保爾、格瓦拉，無疑都屬於發生在二○○○年春天的「文化事件」。春天本來是革命的季節。也是丁玲，有過一篇《一九三○年春上海》。三○年的那個春天的上海，曾為革命的氣息所鼓動。一八七一年的巴黎公社運動也像是並非偶然地發生在春天。此外還有一九六八年也是巴黎的「紅五月」，以及五一、五四。友人平原「觸摸五四」，考察了季節、氣候對那一事件的參與。這的確不失為重要的提示，可惜被忽略已久了。

無論如何，與保爾、格瓦拉在這個春天重逢，在我個人，是值得一提的經歷。你有了個機會檢驗發生在你那裏的變化，體驗歲月，回訪過去，重溫青春。我明白有許多東西，我從來不曾真的放棄，只不過將它們（從而也將它們對於我的意義）作了某種修改而已。至於是怎樣的修改，或許將來有可能理理清楚？

二〇〇〇年六月

京城夜話

之一

清初的王源說：「京華之人情風氣，每閱二三年一變，變即有古今之殊。」(《京華集序》,《居業堂文集》卷一四）今人不同於古人，引入了西曆之後，對歷史的感覺像是也隨之而變，十年、百年、千年成了測算「演進」的時間單位，而十年間的變動，像是已可忽略不計。而二十世紀的歷史一入九十年代，大約因百年、千年都已臨近，有了結算前的緊張，世事變化之大每每令人瞠目，於是在九十年代談論八十年代，竟有一點像是談古。

不知當今生活在京城的年輕人是否還知道，八十年代的「尋根熱」中，就有人追問過北京人的根。近些年讀《明史》，看到明太祖仿漢代遷徙富民到關中的辦法，「嘗命戶部籍浙江等九布政司、應天十八府州富民萬四千三百餘戶，以次召見，徙其家以實京師」；其間還屢徙浙西與山西民於北平，「又徙直隸、浙江民二萬戶於京師，充倉腳夫」。到了建文朝尚以北平處罪徙者。那個起兵篡了侄子皇位的燕王，則「核太原、平陽、澤、潞、遼、沁、汾丁多田少及無田之家，分其丁口以實北平」；「復選應天、浙江富民三千戶，充北京宛、大二縣廂長，附籍京師，仍應本籍徭役」。不唯此，明初的大將徐達，尚以沙漠遺民三萬餘戶屯田北平（參看《明史·食貨志》)。你是否想到，你所以居住在這京城，有可能是明初大規模的強制遷徙的結果；你的先人或許是江浙富民，或許是「沙漠遺民」，甚至有可能是當年的囚徒。正史上的此類記載，冷漠客觀如上所引，但你卻不難聽到掩沒在歲月風塵中的涕泣哀號，想像離鄉背井者的血淚。京城「五方雜處」背後的家族歷史與個人命運，就此隱沒在了正史敘事的中性筆調中。

之二

近二十年間，京城更其「五方雜處」，北京人的成分更其複雜。城中最被漠視的，應當是那些民工的吧。晚飯後去馬路對面的倉儲商場，過街天橋上總能遇到那個賣花的年輕人，聽口音像是河北一帶鄉村的。他常常並不招攬生意，只是一動不動地靠欄杆坐著，對著橋下的車流與遠處的霓虹燈，身旁那些沒有買主的花正在枯萎。我不知這年輕人當此時想些什麼，是否想到了熟悉的村落，晚炊的煙火，村頭婦女召喚家人回來的曼長的呼喊。這些外鄉人在陌生城市中的孤獨無助，他們所承受的物質生活的巨大壓力，何嘗被居住在這城裏的人們真正地關注過，儘管我們住著他們蓋的房子，吃著河南或河北菜販賣的菜，由江西或東北的理髮師修剪頭髮，穿「浙江村」人縫製的衣服，享受著由他們提供的其它種種服務，仍然會毫不猶豫地將交通秩序的紊亂、治安狀況的惡化歸咎於他們。每當農忙，那些塞滿了公車的返鄉民工的行囊和他們拙重的鄉音，仍然令我們蹙額。在這日見繁華、「國際化」的城市裏，他們像是注定了的永遠的鄉下人。

八十年代曾經使用過「進城農民」的說法。進城農民在老牌市民眼裏，永遠是農民。記得多年前讀過王安憶的一篇小說，寫一個進城農民之死，題目似乎是「悲慟之地」，那故事我還約略記得。久不讀小說了，不知創作界對這城市中的外來者，是否也一派漠然，視若無睹。

之三

工做到了深夜，會聽到夜之聲。一個夜行者怪聲喊叫。鄰樓的吵架聲，洇了水似地模糊不清。有運煤的卡車轟隆隆地開過。

當這時我會偶而停頓，走一點神，驚訝於命運的安排。儘管由「外省」重新回到這大城已過了二十年，我仍然有如夢之感，覺得將大半生安置在這城中，是一件太偶然的事。與已經隨處可見的打工族一樣，我也是這城中的外來者，但知識者選擇這城的理由，與進城農民仍然有所不同。比如像我的友人平原那樣，以為京城是一方較大的水池。明人宋懋澄《將遷居金陵議》說自己「不於故鄉，而之金陵者，以生平不善交，而金陵固闊大，可無交而自晦其跡」（《九籥集》卷八），可謂「先得我心」。

既已在京城安居，即使通常枯坐書齋，對於這城的種種，也不免多少留意起來。幾年前曾在一篇隨筆中，寫到京城之為人文淵藪，引了老北京人常用的俗諺，「林子大了，什麼鳥兒都有」。因係輦下，彙集了各路人馬，「士論」之活躍自不待言；而其背後的人事、利益關係之複雜，也決非初涉京城的外省小子所能想像。較之外省，京城確如平原所說，是一方稍大的水池，而池水之渾，有時也正與其「大」相匹配。

前不久讀到清初魏際瑞的說法：「不至京師，不足以知天下人才之多；不至京師，亦不足以知天下人才之少。」（《與冰叔》，《魏伯子文集》卷二）覺得要有這話，形容京師「人文」才更貼切。

之四

記得曾經寫到過這樣的意思，即京城惟其大，故而「有容」，即胡同中的普通市民，也因了見多識廣而能見怪不怪。因而外省的那些不見容於當地的「另類」人士，可以指望在京城覓一存身之地。即如我的友人中就有一兩位，自律之嚴，立身之正，已像是今世中的古人。我常常會想，此種人物，在我的中原家鄉，怕是難以存活的吧。

因了「人物」眾多，事件紛繁，自甘岑寂者，即可能獲得不為人注意的自由，安於不受驚擾的蟄居。大約也只有不合時宜的書生，明白這是怎樣了不得的好處。僅此一點，京城就已夠他們留戀，即使手頭往往拮据，衣著不免寒酸。

記得下面的意思也曾寫到過，即京師固然方便了獨處，卻也方便了閱人。即使深居簡出，較之他處，所見世相人情，像是也更為豐富——尤其關於士類。即如憑藉了京城文化市場條件的「登龍」「速化」，途徑之多，即非外省可比。士的品類之雜，也非古人所能想像。

之五

那天在中影公司看《泰坦尼克號》，放映前無意間聽到鄰座兩個男青年的對話。其中的一個正在流覽報紙，另一個問：「基裏年科通過了嗎？」被問者頭也不抬地說，「通過了。」那幾天俄國的「杜馬」正在表決葉利欽對基氏的總理任命。當時我有突如其來的感動——兩個年輕人談論別一國度的國內政治，那口氣正像談論一件身邊的瑣事。我與一個日本朋友談及此事，說「毛澤東時代」那種「胸懷祖國，放眼世界」的教育，對於造成這樣的「關懷」，未始沒有發生過積極作用。

京城「的哥」的慷慨議政，每令外地人印象深刻。好議政的豈止的士司機！我所住的社區，夏夜由納涼的老人中走過，聽到的也常是有關政治、有關「世界」的談論。風氣的造成固然因了「京城」，也應因了「匹夫有責」以及「國際主義」的吧。「解放全世界三分之二被壓迫人民」的宏願固然可笑，但對「世界」的關注，卻不能不說也由此助成。較之某種借諸堂皇的名義自掩其私欲私怨的「士論」，這民間的閒話瑣談，像是更有京城氣象；而京城所以成其「大」，也應當由這種眼界與胸懷的吧。

之六

畢竟老了。在這燠熱的夏夜，稍看多了書，就會暈眩起來。闔上眼仰在椅背上，浮出腦際的，竟是插隊時的夏日情景。

像是走在公社通往村子的路上。中原土質疏鬆，多斷層，這路即陷落在田地之下，其上刻畫著道道車轍；正午，路被太陽曬成了金黃，像是長出了許多。土路的壁上有洞，據說是避雨的人挖成的。盛夏的急雨中，這田野與道路，確也別無他處可供藏身。前後都無人影。你突然佔有了一個大空間，不覺寂寞起來。遠村近樹，都凝然不動。你在這闃無人聲的路上走著，無遮無攔，一路踩著自己的影子。你伸頭看看，路上方的田野也一片寂然。但你只是寂寞而已，並不擔心會遭遇襲擊，儘管在這四望空闊的田地間，你根本沒有可能防守。在我插隊期間，那類襲擊的事還不曾聽說過。那麼現在呢，那一帶的女孩子是否還敢在夏日的正午獨自行走？

你終於走近了村子，看到村頭雜樹後的土坯牆下，有披著土布小褂的男人泥塑木雕般坐著。知了時而齊聲時而交替地嘶鳴。村子裏你住的那農舍，牆腳處一溜陰影中，有雞在悠然地覓食。

居住在都市的水泥叢林中，極遙遠處的那片田地，那一帶綠，即使在想像中也仍然令你感到了慰貼。你何嘗不知道那鄉村更是你為了自己的需求而加工製作過的——但這又有什麼關係？

之七

由別人的文字中得知，京城街頭的電線杆子上，竟有「謝絕河南人」的廣告（我猜想是招租或招聘的廣告）——我的同鄉何至於淪落到了這步田地！河南人的不受歡迎，則是早就聽說了的。青海的朋友說到過一個笑話，當地店鋪的一則廣告曰：「出售河南壞（雞）蛋。」我知道這朋友因河南籍妻子病故，被精明強悍的丈母娘狠狠地敲了一槓，幾乎弄到傾家蕩產。據說還有過一個廣為人知的相聲段子，其中的噱頭，是將董存瑞炸碉堡前喊的口號改作「不要相信河南人」。這相聲我沒有聽過，即使不從「家鄉觀念」出發，也覺得謔近於虐，有傷忠厚。但我自己幾年前乘公車時，與車上的外地民工攀談，也聽他們說到，東北、河北等地的民工都抱團，唯獨河南的民工，即同鄉間也會有坑騙。我在自家附近的菜場，確也親見我的老鄉結夥欺行霸市，令外地菜販為之側目——又像是可以為「不要相信河南人」以及「謝絕河南人」的廣告作注腳。

我並沒有怎樣深的「鄉土意識」。因能說一口較為標準的普通話，除非在需要自報家門的場合，或填寫某種表格，幾乎不被人想到是河南人。倒是有機會得知自己「像南方人」、或者「北人南相」。更有人直截了當，說「你不像河南人」，在說話者，無疑是一種褒獎。也有同行因了我那本寫北京的書，懷疑我是否真的在河南長大。因了反覆的提醒、暗示，我自己在言及籍貫時，也不免心情複雜。「我是河南人」，聽起來坦然，潛在語意卻可能有幾分曲折，而且未必準是自卑。但在寫上面這些文字的當兒，我想到的是，那種籠統的偏見，在怎樣影響著我的同鄉在這城中的命運？

之八

我早就發現，北京的乞丐，十之八九，是我的河南老鄉，且有不少自稱××縣人。

早已有關於「丐幫」的社會調查，除了「幫」的內部結構外，還及於此種現象的地域性。三百多年前，王夫之就說過：「流民不知何時而始有，自宋以上無聞。」不知依據了何種材料，他將流民現象的發生，歸因於「元政不綱」；至於明代，則像是到了成化年間始成嚴重的社會問題，以河北、河南流民為多，且得到了地方當局的鼓勵，「更授以公據、文憑，令橫行天下以索食」。王夫之對此慨歎道：「河南、河北，唐、宋以前皆文治之國，樸秀之俗也。誰移之而使成為乞、為盜之俗？任教養之責者，乃更給之符檄以獎之乎！」（《噩夢》）

童年在中原一座古城居住時，就見慣了乞丐，且一再目睹街頭頑童捉弄行乞的盲人。這種早年經驗刻印之深，終我的一生也難以脫出。

住在京城而談論家鄉，不免有涉及「身份」的不自在，略如身在域外的批評中國，不能不對付「你本人在其中其外」的一問。而看到行乞的老鄉，尤其老人，我也仍不能坦然地走過。我不忍面對那可憐之色。即使某地確有行乞的習俗，是否也更應追究「任教養之責者」；而行乞之成為習俗，不也因了漫長時期的貧困？

之九

已有不止一次在公車上被人讓座的經歷。我發現自己站在那裏，使得坐在近處的年輕人不自在。我得承認自己真的老了。據說在東瀛，這種好意會被如我似的老婦拒絕，她們不甘於享受這種在她們看來帶有「歧視性」的照顧。我卻只是在坐下去時有點抱歉，有點慚愧而已。儘管不便將我所遇到的讓座認定為「世風」好轉的徵兆，那些年輕人的態度仍然令我感到了欣慰。

我記住了第一位讓座者，那是個民工。我坐下後問鄰座他的同伴，知道是河南老鄉，不禁生出一點感動。我知道關於河南人的種種惡評，但由身邊這幾位老鄉的臉上，看到的卻是敦厚與誠樸。看他們手邊的工具袋，是做裝修生意的。問了問，說是生意不好做，並不願多談。

這之後，有洛陽大火的消息。河南像是總有什麼能引起舉國關注。我家鄉尉氏縣的摻假棉花，原陽市場上的有毒大米，上蔡縣的愛滋病。還讀到過記者對於造假幣者的暗訪，說是最粗劣的一種假幣，是以山區農民為欺騙對象的。河南像是已成造假大省。而接受電視臺採訪的官員，無不振振有詞，理直氣壯，都有一副非但無辜而且恪盡了職守的神氣。真不敢相信這樣大規模的造假，不曾由門縫窗隙透露出過一絲消息。

《南方周末》發佈的有關上蔡縣愛滋病的報導，相信震驚了無數人。由那份報紙看，至少報導發出之時，尚無切實的救助（最近讀到了武漢的一位醫生實施的救助）、追究（對於非法採血者）、補償（負有責任的醫院應向被害農民支付的）。似乎是，媒體總在越俎代庖，承擔本應由某些政府部門承擔的職能。

之十

幾年前去中關村的「風入松」，這書店像是開張未久。一眼看到那樣多的書，排山倒海地壓下來，感到了幾分震悚。徘徊在書架、書堆間，流覽無窮多樣的標題，竟覺得不必再寫甚至不想買書了。那回似乎真的沒買什麼書。有一種放棄的念頭打心中穿過。但只是那一次。當對自己的課題漸次深入，確實有了一小片自個兒的園地，書店即不再令我感受威脅。我到固定的類別標誌下、書架上搜尋自己所需要的書，往往徒勞往返。書似乎變少了。進入書店，漸漸有了一種淡定的心情，類似平等的感覺。那些書不再能以其龐大的量恫嚇我。我巡視書名，翻閱目錄，如走在街上人流中，偶而瞟一眼陌生的臉，停腳跟熟人打個招呼。

我曾經拼命努力攫取知識，終於在某一天，心情大變，不再認為所有的書都應當與我相關，也如不認為所有打身邊經過的人都有必要留意。放棄了「博雅」這一目標，竟有一種自如之感，調整了姿勢，於是遊動起來便利多了。我曾一再引用《莊子》有涯無涯的說法，鷦鷯、偃鼠的譬喻，覺得實在智慧。

事實是即使一小片園地也頗費經營。那些植株向周邊吮吸水分，土層下根系擴張，筋絡縱橫。於是有越來越多的計劃外書目補入書單，越來越多的書與你發生了關係。到了這時，你對書店的感覺又有變化，你的目標漸次擴大，你又被求知的渴望所激動……

之十一

那天在鼓樓附近，一個十幾歲的男孩拉住了我，要我幫助他通過馬路。我在嫌惡地將他推開時，瞥見了他胸前的紙板，上面的文字應當是家長寫的，懇請他人幫助他的孩子過馬路。

事後想到我差一點以粗暴的拒絕，使一個求助的孩子受傷，不免對自己產生了厭惡。打從什麼時候起，對於他人的戒備已成為本能？而對於欺詐的防範，是否也毒害了我們自己？我們卻又不能放棄這防範與戒備。我們該如何在面對日益渾濁的社會環境時保有自身的「純正」？這是否可能？

那孩子不知被多少個如我這樣的成人拒絕，甚至被惡意地戲弄，這種記憶是否會刻印在他的記憶中？或許事情還不至於這樣糟。在馬路的那一邊與我分手並道謝時，我看到的，是他的臉上明朗的表情。

之十二

對於這城市，我至今依然生疏，儘管已前後居住了近三十年。城內所熟悉的，只是平時行經的那幾處，郊區即少涉足，更遑論遠郊。還是「文革」中，所在大學到京郊的平谷縣搞「教改」，平生第一回吃到了驢肉。由秋到冬，在大山中住了幾個月，領教了「滴水成冰」的滋味。還記得漫山的柿樹，柿子熟了的時節，毛驢馱了筐子在山岩上走。

近幾年京城周邊旅遊開發，京城人仍不免舍近而求遠，多少也因了某些景點的名實不副，以及凡「開發」所必有的破壞。前一時在贛南，看到那些大河像是漫無羈束地流，會想到，倘能移一條到京郊去，遊人必蜂擁而至的吧。當然為那些河著想，還是讓它們「荒」在江右的好。但京城也仍有好去處。去年早春友人租了輛車，開到了只是在電視臺氣象節目中見過的「銀山塔林」。那天欲雨未雨，有幾分寒意，山色還未轉綠。車走在盤旋的山路上，雨落了下來，迷蒙中竟有漫山的野桃花，一簇簇一團團，如靄似霧，那一點淡紅，淡到若有若無。未知「銀山」是否因此而得名。後來讀清初人物的集子，見有「嶺上野桃花，其色不敢紅」的句子（《魏季子文集》卷二《白水途中》）。不知彼地的野桃花，與這「銀山」的是否同一品種，其「不敢紅」卻是一樣的。

有從事美術、攝影的朋友，拍過一幀題作「柱礎」的攝影作品。銀山的廟宇，甚至連柱礎也無存，令人只能彷彿其時廟貌之莊嚴。遊人寥寥，一派空寂，若有梵唄鐘魚，由空山流蕩開去。其後也曾遠遊，去名山勝水，卻像是沒有留下什麼在心上，倒是這「銀山塔林」，還能偶而記起，想到二三友人，雨中的靜，淡而粉的花。其實我明白，對這景點的一點懷念，緣於情與景與人的湊泊。缺了時、地、人中的任一條件，縱然該景絕佳，也未必能入心的吧。

秋天又由朋友安排，游了一趟十渡。凡「旅遊設施」集中之處，都令人不敢向邇。只有某處的荒橋野渡，風味十足。只是怕這些處，終不能免於「開發」。

之十三

某個夜晚，臨睡前走到陽臺上，像是第一次嗅到了梧桐花香。我窗外的春天，是由這株梧桐樹裝點的。它們瘋長在那裏，枝丫舒張，每到深秋，破布片似的敗葉即掛在了枝頭，要熬過漫長的冬季，才能等到綠意返回。年復一年地看葉落葉生，卻像是直到這一晚，才感知了它們的氣味。嗅到花香的那一刻，我有莫名的喜悅。臨樓的燈火大半熄了，站在陽臺上，對著月光下開了一樹的桐花，我奇怪自己對居住了近二十年的環境，何以如此鈍於感受？

另一個黃昏，當獨自散步時，像是第一次嗅到了槐花的氣味。這氣味是我曾經熟悉的，它們帶著遙遠歲月的馨香，回到了我的生活。那些槐花年年開了又落，我未必沒有嗅到它，只不過無所感觸，它們對於我的意義隱晦不彰罷了。

由自己的經驗，我相信了「外界」是向著能感覺它的感官與心靈開放的。我的生活中缺少的更是餘裕。在抱怨日常生活的單調重複時，我們有太多的忽略，以至放過了無數享用「美好」的機會。

之十四

不記得城市的晨練之風興起於何時——似乎「文革」後期就有了苗頭。晨練大軍的主要成分，即老人，惟他們有此閒暇，也有迫切的需求。曾聽到一位師長講述他所見香山清晨登山的老人，說是「驚心動魄」。你可以想像浩浩蕩蕩的銀髮大軍，行進在這山的各處。令那師長驚心動魄的，或許還有「喊山」——後來被有關部門明令禁止了，說是驚擾了鳥的棲息。不知這禁令是否總能生效。在我的想像中，沉默的老人的隊伍，當更其「驚心動魄」的吧。登山的老人大多由城裏出發，有的幾經轉車。這是一支自發聚集的大軍，成員卻有相當的穩定性——其中的不少人，已有了多年的登山史，他們在固定的時間動身，轉了幾趟車抵達山腳時，還是淩晨。

我猜想這老人大軍之驚心動魄，多少也因了可以看作對抗衰老與死亡的行進，那沉默中積聚的，是殘存在日見衰弱的軀體內的力量，對於生的渴望，對於生機勃勃的人生的渴望。我不知那些因了與國際接軌而習慣於「夜生活」的年輕人，當殘夢初醒的清晨，是否能偶而地想到，距這城不算遠的山中，有這樣的一支行進中的老人隊伍，從而生出一點敬意的？

之十五

身居京城，翻閱古籍時，凡涉及北京的議論，總會多少留心。即如明代的古文大家歸有光，在書劄中議論嘉、隆之際的北京，就說過，「大抵今日京師風俗，非同鄉同署者，會聚少。人情泛泛，真如浮萍之相值；不獨世道之薄，而亦以有志者之不多見也。」（《與王子敬》，《震川先生集》別集卷八）當今的「士風」或已有不同？

一個來自南中國的知識者，當著初到京城，看揚沙浮塵，鼻官為乾燥的空氣所苦，感觸大約與明清之際的梁份不無相近。梁份的說法是：「北平為十五國大都會，車馬塵黑，臭不可近，無一足當意，征衣未解，欲即行。」但他接下來卻說，忍受這裏的種種不便、不如意，也另有補償，即「素所不得讀之書，素所不得見之人，素所不得聞之事，往往能得於無意」，那結論是「士之有意於時者，不當自錮於山巔水涯矣」(《懷葛堂集》卷一《寄劉忠嗣書》)。

王夫之由人口構成的角度批評北京，說「輦轂之下，土著少而賓旅眾，其去鄉里而來都下者，類皆其黠者」(《噩夢》)。陳垣先生著《清初僧諍記》，述及曹洞宗在北中國的興衰，說宋南渡後，「江淮河漢，縱橫萬里，悉為戰區，古剎名藍，多罹兵燹，歷數百年未遭殘破者，僅燕京一城耳」。對此，他引了《金史》卷八金世宗的話來解釋，曰「燕人自古忠直者鮮，遼兵至則從遼，宋人至則從宋，本朝至則從本朝，其俗詭隨，有自來矣。雖屢經遷變而未嘗殘破者，凡以此也」。金世宗接下來還有幾句關於「南人」的好話，恐怕更非京城人所樂聞。何況「詭隨」，換一種角度，不也可以理解為「生存策略」、「生存能力」？我自己在一本關於北京人的書中，就取了類似的評價角度。但無論好話壞話，京城人都不妨一聽，何況古人的話？

之十六

白天工作緊張，分不出時間運動，晚間即在附近「快走」一番，活動筋骨。附近有一條「文明示範街」，類似街心花園，是社區居民的休閒場所。街邊的飯店，生意象是很好，由窗外可見柔和的燈光下，食客們在從容優雅地進餐。我由鋪設在示範街中的石子小路上快步走過，將坐在塑膠椅上的人們留在身後。街的盡頭，元大都的土城已在黑暗中，樹叢中有樂聲，我知道那裏有一群老人在晚練。土城一帶的居民樓外，凡風口處總坐滿了納涼的老人，可知家中缺少降溫設備，也缺少交流——惟夏季才會有如此熱鬧的聚談。傍著土城的停車場內，一輛剛卸下乘客的電車開了進來。附近的路燈下堆放著西瓜，有女孩守著瓜攤。拐過幾座樓，那所醫院正在修建外科大樓，兩座塔弔的巨臂，向不同的方向平行伸展，凝定在夜空中。沿了工地外藍色塑膠牆走，如走在陌生之地，感到了新鮮。閃電之後，有雷聲滾過。工地近處的小餐館外，民工圍坐在露天的餐桌旁，或蹲在地上，看不清吃的是什麼。聽到了鄉音，說著麥收的事，是我的河南老鄉。剛剛走到所住的樓旁，大雨點砸了下來。不知我的老鄉是否來得及躲開。

歲暮

手邊是幾本自己寫的書。只是寥寥的幾本。我隨手翻閱這些書的前言後記，想據以搜尋自己的學術由以展開的線索，我發現的卻是另外的東西，比如發現自己其實始終都在努力地試著描述自己的學術狀態：一邊「做學術」，一邊將「做學術」的自己作為審視的對象。

> 「在不斷的自我懷疑、自我否定中，我無法使任何寫下來的東西「定型」。尚未成熟的思維每一分鐘都在懷疑前一分鐘達到的結論。我甚至一再試圖擺脫這課題，中止進行中的研究，然而預定目的和內心命令，總把我拉回到書桌邊來。思考是寂寞而痛苦的，因為它不但要在如此眾多的作品間搜索，而且不得不隨時翻檢思考者的個人精神體驗。」(《艱難的選擇・跋語》)

> 「初冬的北方，原野空曠而寂寥。灰濛濛的天地盡頭，一株經了霜的柿子樹，燃著暗紅的火。我渴望點燃我的生命，哪怕只是一籠微火，轉瞬間留下一堆灰、一簇煙呢。
> 「收在這裏的文字，也會煙一般消散淨盡的吧。我總算燃過了。」(《論小說十家》)

> 「……人生或不必有重大轉折也會有這一番變遷的，只不過在我所屬的一代人，由於歷史原因，將轉折期推遲了。十幾、幾

十年河道壅塞未通後一陣狂躁的湧流，然後才歸平緩。或許當湧流時即已模糊地意識到這將是『最後的』，才有那一種不無誇張的悲壯感，像是在將生命奮力一擲的吧。」

「我清晰地體驗著發生在自己這裏的衰老過程，覺察到生命由體內的流逝，甚至聽到了生命流逝中那些細碎的聲音。我還從來不曾寫得這樣匆忙過，像被催迫著。我也從來不曾寫得這樣孤獨，幾乎全然沒有友朋間的對話，只有一片緊張中的自語。」(《北京：城與人》)

「在對象領域的不斷擴張中，在為適應課題（知識分子研究）要求而自我完善的努力中，我有奇妙的飽滿之感。我珍愛這黃昏或秋天的飽滿與寧靜。

「我依然時時夢到鄉村，而且總是北方灰黃的鄉村：冬日黯淡的天幕下的平野與遠村，沙岸間的清流細柳，被鞋底磨亮的鄉間小道與楊樹夾峙的筆直的公路。我疑心北方式的單調與荒涼已透入了我的肌膚、浸漬性情且構成了命運。」(《地之子・後記》)

「在近幾年所作學術回顧中，我曾說到對當初不得已的選擇學術心懷『感激』；說到這種選擇正是在作為『命運』的意義上，強制性地安排了我此後的人生；寫到了那種『像是「生活在」專業中』的感覺，也寫到了『認同』所構成的限制。我以為，學術有可能是一種積極的生活方式：經由學術讀解世界，同時經由學術而自我完善。對於我更重要的或許是，學術有可能提供『反思』賴以進行的空間。人文學科因以『人』及其『關係』作為對象，所提供的一種可能，就是研究者經由學術過程不斷加深對自己的認識。即如我上面所說到的諸種缺陷，倘若沒有一定的反省條件，有可能永遠不被察覺。」

「我不便因此而宣稱我的研究是所謂『為己之學』。但自我完善之為目的，確實使我並不需要為『耐得寂寞』而用力。我曾說到過『無人喝彩，從不影響我的興致』。

「學術作為生活方式，自有它的意境。在研究中我曾一再地被對象所激動。激動了我的，甚至有理學家那種基於學理的對於『人』的感情。我經由我所選擇的題目，感受明清之際士人的人格、思想的魅力；在將那些人物逐一讀解，並試圖把握其各自的邏輯時，不斷豐富著對於『人』的理解。作為艱苦的研究的補償的，是上述由對象的思想以及文字引起的興奮與滿足。如顧炎武表達的洗練，如錢謙益、吳偉業、陳維崧式的生動，如王夫之議論的犀利警策。更令人陶醉的，還是那種你逐漸『進入』、『深入』的感覺。在這過程中甚至枯燥的『義理』，也會在你的感覺中生動起來。」(《明清之際士大夫研究．後記》)

「我不大關心實用性，即使問題像是貼近現實的。作為動力的，是求知與求解的熱情，是書齋動物所渴求的心智的滿足。這也更是隱居者、獨處者的習癖。我常常感到與外在世界『不屬』，一種似游離狀態。」

「我所借閱的文集，有些在文學所的圖書館中沉睡已久，紙頁破損且開了線，當著還書時，要請丈夫將整函書一一裝訂過。大量的披閱固然像沙裏淘金，但每遇精闢之論，都會讓我為之一振，甚至激動不已。」「適應新的課題，不但應當調整方法，甚至有必要調整心理。而我在事實上所經驗的，無寧說是

> 被對象所調整，被歷史歲月與古籍所調整的過程。我由那些紙張黃而脆、脫了線的線裝書，由那些影印或標點本的古籍中，讀出了歷史的無盡蒼涼；由明清易代之際的攻詆征伐戰亂流離中，嗅出了血的辛辣氣味。」「但幾百年的間隔，畢竟有助於造成心理距離。血色也會如線裝書的紙質，因磨蝕而不再新鮮。」「甚至那一握輕而軟的線裝書，也使我有不易言說的快感。這種心境又與衰老過程中的心理需求相應。我又一次體驗到了我所選擇的研究對象作用於我的力量，『選擇學術之為選擇命運』。」(《趙園自選集・自序》)

流覽舊日文字，令我暗自驚訝的是，對時令、季節感覺遲鈍的我，對個人的生命季節卻像是敏感異常。大約也因書齋方便了向內的傾聽，竟至於聽到了「生命流逝中那些細碎的聲音」。問題是，這種時間知覺究竟以何種方式進入了學術？不惟此，那遙遠的胡同以及鄉村記憶，甚至對線裝書的觸摸感，肯定都以某種形式「進入」了學術。這過程是否有可能付諸描述？

儘管一再被提示「世紀末」，隨處可見「世紀」的字樣，並不就有助於我打撈記憶的碎片，而已有的片段也依然無從拼合。我深信周密翔實的學術自述之不可能，不止因了記憶的不可靠，也因了學術經歷與人生經歷，與你所經驗的全部人生的不可分——純粹的概念、理論推演或許除外？我甚至不知是否有過這種純粹性。你不可能搜集全部細節，尋繹其間的關聯，你也就無從復原你的學術經歷。不但半個世紀發生在你生活中、你身邊的一切，而且如魯迅所說，「無窮的遠方，無數的人們」，都和你有關，都留下了痕跡在你的肌膚以至心靈上，如潮汐沖刷下的沙灘。你不可能復現那一切。不惟「日常生存」對於你的學術的「參與」、「進入」無跡可尋，而且「做學術」的當時的狀態，也只能付諸事後的懸擬。上述《後記》、《跋語》所述，無寧說是寫作此「記」此「語」當時的所感所思，有蓄意的提示與有意的掩蓋。

並非前此的經歷都「通向」這一隻是在時間順序上稍後的經歷，更非前此所經歷的都是當下所為的準備，如牛羊的吃草長膘只是為了日後的進屠場及上人類的餐桌。但所有那些經歷都在「學術選擇」的當兒發生了作用，則是毫無疑義的。即使那只是些極其瑣屑的往事，偶而的閱讀。即如我的讀杜只因了湊巧父親的書架上有一本《杜甫詩選》。事實上我迄今所知，也只限於那選本中的杜甫。而這經了揀選剪裁的杜甫，就此「參與」了我日後幾十年的生活。這不過是臨時想到的一例。事實是，你所有的閱讀，所有的書寫，發生在你生活中的所有事件，重大事件以及日常事件，生活的以及情感的事件，都參與了你此刻的學術操作。而你的書寫方式（你的表達習慣，你習慣的語詞排列、字句組合，你選用的辭藻，等等）中，則有你大半生的書寫。

寫到此處，像是全不相干地，忽然想到兒時看母親削蘋果，巴巴地等著果皮由水果刀邊蜿蜒而下，那份耐心的回報，則是及時地將果皮接下來，吃掉。那幾十年間匱乏中的日常生存，以何種方式留在了文字中？是否僅止於古人所謂的寒儉之氣？

記得十幾年前一次友朋小聚，說到一些舊事，子平說，寫下來，過了這時間就寫不出了。其實我明白即使聽從這建議，寫出的也難免不是別一種東西。寫作過程也如生活，充滿了偶然與隨機，更無論規避、修飾與遮掩。讀自己的舊作則使我確信，不但某種生活、情感狀態，而且寫作狀態也無可重複。過去就是永遠地過去。你切身地體驗了歲月之無情。你過往的文字，包括學術文字，既然存留著或許惟你自己方能辨認的某種遺痕，就更宜於作為廢墟而供憑弔。我就在這廢墟前稍事留連：傷逝悼亡，豈不也應當在這種時候？

近些年來愈益衰憊麻木，卻又偶而會有極遼遠的印象，如靈光一閃，瞬即消逝，只餘了悵然。不明其意義的舊事的片段，各個帶了其時的氣味溫度，如嬰兒的手溫柔的觸碰，令你感傷而又寬慰。生命在局部死亡中又局部甦生，美以及對於美的感受能力遠去了而又在不意間返回。於是你知道自己尚未枯槁，你還有希望。

已經在提前計劃退休生活，想將腦子也將心騰出點空當，以便體驗無所思慮的狀態；想學習踱步，在高天厚地間倘佯；想學習漫不經心地流覽；學習鬆弛地聽一盤 CD；學習無所事事。恢復對自然對風景的敏感，細心地享受季節；恢復領略細小樂趣的能力。即使不能如風中的葦，無所用力而自然地震顫，至少也應當更能感應接納。

因從未熱鬧，故無需「淡出」。但久居京師，習染已深，或許要在一種寂寞枯淡中，才能澄清，喚醒，復原，另造一境界，以安頓餘生——如古人所謂的霜降水涸，天根始見。其實我對殘破衰敗中的荒涼之美一向更有會心。歲暮亦如黃昏，有一種因衰颯、蕭索而沉靜曠遠的氣氛，正如人生的暮年。像是一切都經了沉澱，所謂塵埃落定。因命已定而有所放棄，因放棄而得鬆弛，歸根覆命，倒是有了絕望中人似的淡定，即使憂鬱也憂鬱得平衍寬闊。

至於享受單純的快樂，無寧說是一種能力。記得葉紹鈞寫一個苦力的睡，那人舒展了肢體，在被白日的太陽曬熱了的廣場，將每一塊筋肉都放鬆了貼在地上。這類快感，是被飽食與失眠折磨的人們不能體驗的。我當然也知道這樣說有點虛偽，因為你明知這快感的獲得也因了匱乏。廣場的地面畢竟不是適宜的睡眠場所。同時也想到，所謂「單純」之類，很可能不過是另一種空洞的誘惑。

窗外暮靄沉沉。零星地閃爍並將繁密起來的，是遠近的燈火。

限於感應能力，我像是難以領略「世紀末」的複雜意味，不大能接受與此有關的暗示。我更能真切地感受的，是歲暮。方死方生，欲晦欲明，這或許就是歲暮以及「世紀末」所提示的？

一九九九年十二月

閱讀經驗（之一）

像是很久沒有跟人長談了，以至多少淡忘了交談的樂趣。我不能說你使我重新體驗了那種快樂。體力與精力的衰退已使我的感覺遲鈍。不知你是否察覺到，我是這樣地易於疲勞，像一個活過了太久的老人。這賓館的房間自然不像那年我去過的你東京中野的家，太空洞，沒有家居的親切氣氛。但我們畢竟有了更寬裕的時間。我們不再需要試探著彼此接近，談話可以從隨便什麼地方開始。我喜歡這種感覺。與陌生人面對，已使我緊張和吃力。在沒有談話對手的時候，我寧願自語。

你的問題一再回到閱讀上，我猜想你是在試圖由此瞭解一個中國人。閱讀的經驗的確不止與知識、學問相關，此種經驗中很可能埋伏了你最深刻的精神經歷，因而它確實關乎整個的人，人的整個生活。我已不記得怎麼一來，我們談到了閱讀革命文學的經驗，比如「革命歷史小說」，五六十年代風行一時的《青春之歌》、《紅岩》等等（我當時就不喜歡《林海雪原》、《烈火金剛》之類，也不記得讀過《呂梁英雄傳》）。正是在問答之際，我突然想到，這些小說除了英雄傳奇之外，吸引了當時的我的，還有別的一些什麼。近年來「革命時期的愛情」被人們一再提到，這正是那類小說在那時吸引了無數年輕讀者的。我敢肯定「革命情侶」也曾令我不勝豔羨，甚至幻想過能如林道靜，在一段曲折有致的經歷中，遭遇盧嘉川這樣的有著兄長與情人雙重身份的異姓同志。那是個真正的男人，闊大、果決強毅（當然我自己最好也賦有林道靜似的美麗）。當時的我們，相信真正的男子漢要向革命中尋找，那裏才兼有俠肝義膽與似水柔情。而「革命戰友」這一種關係則預先排除了「背叛」、「移情別戀」的風險；「同志」作為道義關係也是道德上的安全保障——我們在這一種閱讀中的確難以得到有關兩性關係中「背叛」的提示；類似的當著年近中年讀研究生，讀到真正「革命時代的文學」，如洪靈菲的小說，寫主人公於殺機四伏的流亡途中，與所愛的女人「共抒離衷，同幹革命！於紅光燦爛之場，軟語策劃一切」（《流亡》），不禁失笑：那心境或許已有一點近於中年人的看少年人。其實寫那些小說的洪靈菲，本人確實在革命中，甚至為此送掉了性命。

我相信前不久拍攝的《紅色戀人》，最初的動機就源自對「當年」閱讀經驗的記憶。果真如此，那麼它也應當歸入懷舊片的吧，只是那份心情在變換太大的背景下，經了通俗趣味的攪拌，已失卻了「童真」罷了——這或許也可以作為「造化弄人」之一例？

當然，如你已經知道的，在那一時期，關於「性」的想像被壓抑到了意識或潛意識深處，只能等待著一朝釋放。那時的我們相信，純潔的道義之愛是不受世俗的尺碼量度的。人們沒有意識到的是，過度的純潔不是杜絕了而是誘引了對於「性」的好奇。不妨認為八九十年代以來事態演變的伏線，正埋設在前「文革」以至「文革時期」。

至於「文革」爆發後的一個相當長的時期，繼續著上面說到的壓抑，在動盪的六十年代卻像是一個例外。我從你這兒第一次得知，日本六十年代的學生運動也伴隨著性解放；這種情況發生在法國的「五月風暴」中，在我看來像是更順理成章。俄國的十月革命、中國的大革命時期，都出現過所謂的「性欲亢進」，我曾經對這種現象做過分析。茅盾寫到大革命發祥地的廣州，「天天是熱鬧的。打仗，捉反動派，開群眾大會，喊口號；開完了會，喊過了口號，上亞洲酒店開房間去」（《虹》）——這樣的革命，怕是那些僅有近幾十年「革命歷史小說」的閱讀經驗者難以想像的吧。而「文革」由表面看去卻是禁欲主義的。當然只能說「表面」。你想必聽說過了其時發生在「革命」名義下的性暴力，比如對「黑幫子女」施暴，比如中學生施之於女教員的性虐待。如果再考慮到當時的「群眾」對於風化事件的懲創狂熱——那時羞辱的手段真是五花八門；我的家鄉就有強令所謂的「破鞋」頸掛破鞋遊街一類的事——問題自然有更複雜的性質。同樣狂熱的，還有針對出版物的「掃黃」——其時所謂「黃色小說」、「黃色描寫」涵蓋面之大，也非今人所能想像。有一個時期，幾乎稍涉愛情者都有了干犯禁忌之嫌——包括《青春之歌》這樣的作品在內。於是我們曾經迷戀過的「革命時期的愛情」也劃入了掃蕩之列。也因此，當著「文革」中後期禁書暗中流傳之時，上述「革命歷史小說」竟又扮演了啟蒙的角色——這是不是太戲劇性了？

我們在談閱讀，卻將話題扯到了這麼遠的地方。

回想起來，在閱讀《青春之歌》那樣的年齡，與關於愛情的渴望並非毫無關聯，我們也一定渴望過苦難；而愛正應當在經受了煉獄之火之後獲得——或者竟不能獲得，像那個飽經肉體與情感雙重折磨的牛虻。牛虻的受難是值得的，因為他以其死獲得了永恆的愛，且使愛他的女人遭受了溫柔而殘忍的最終的報復。這「最終」無疑至關重要，因為她已不可能獲得自我救贖的機會，她將為其因誤解的加害支付代價，直到生命的盡頭。據我猜想，每一個兒童或少年都有可能至少是想像過「重創」那個最愛他的人，為了一點委曲、冷漠，為了一次被忽略。

我們也許沒有追問過，倘若牛虻沒有他的不完滿的愛情（當然那不完滿又是另一意義上的完滿），不曾有過被踐踏淩辱的經歷，沒有因備受摧殘而罹疾患的身體，他的命運是否還會那樣令我們動容。類似的閱讀經驗，被那一時期流行的其它小說強化著，比如《鋼鐵是怎樣煉成的》以及《簡・愛》。

我們也多半已經忘卻了，正是《鋼鐵是怎樣煉成的》、《牛虻》這樣的小說，使我們領略了肉體痛苦的詩意，領略了一種殘缺的美，在教給我們怎樣越過殘缺感受人格力量的同時，也使我們的自我缺憾之感得到了安慰。活在那時代的自以為精神富有的男子，不會因身高不足一米八而自慚，雖然他們也可能仍會暗中希冀能擁有與其精神相配的偉岸體態。我們也多半忘了，儘管清洗了「性」，那些作品仍啟發了對於「肉體」的知覺，刺激與滿足了與肉體有關的想像力。

我們很可能並不曾意識到那些革命歷史小說中包含的通俗文學的要素，「性」與「暴力」（情愛與戰爭或酷刑），我們也早忘了這些純潔的作品在激起了少年人對愛情禁果的渴欲的同時，也誘發了對人的肉體承受力的好奇。前幾年曾有傳媒報導，《鋼鐵是怎樣煉成的》以及某幾種革命歷史小說曾一時熱銷。如果真有這樣的事，我倒是寧願相信當代少年的閱讀趣味與當年的我們，未見得真有多麼大的不同。

當然我們那一時期與此有關的閱讀經驗絕不止來自「革命歷史小說」。域外的「批判現實主義」文學對苦難的近乎極致的渲染，也豐富了我們對於苦難的感受力。當然，「苦難」只是在大致固定的有限的類型中被辨認；在培養了對苦難的認知能力的同時，又將有關「苦難」的經驗狹窄化了。當現代主義因「改革開放」而被引進，一同引進的有陌生的經驗與未被開發的感受力，人們得以領略更精緻的磨難與更微妙的虐待，「苦難」、「暴力」等等概念的界說也因而被修訂了。

你看，我總是在假定，因為我並沒有把握是不是真的如此。時間已經太久遠，記憶又常有種種捉弄人的把戲。我羨慕某些回憶錄的作者，能將半生前的經歷講述得歷歷如見。當然，這樣的回憶錄我也只能當它「創作」看，對其中的記述並不認真。

一九九九年八月

閱讀經驗（之二）

你問到我最初的閱讀。有些經驗，我已在幾年前所寫的隨筆中談到過了。我最初的閱讀由譯自域外的童話、民間故事開始，所讀第一部成人讀物，是蘇聯的長篇。此後還讀到契訶夫、果戈理——大約出於父親的有意引導。我曾過早地沉溺其間，感染了那些書的氣氛。即使已經有了這樣的閱讀經驗，當著中學時期（確切的起始時間已不能記起）接觸杜詩，此後的讀宋詞、中國古代散文，仍然有從所未有的契合之感，儼若喚醒了前生記憶。說「契合」並不切。我一時還搜尋不出適當的形容。止菴關於我那本《明清之際士大夫研究》的書評，說到那書的某些章節「沉鬱頓挫」,「讀之如看老杜之詩」，令我大為感動。我並不那麼容易為別人的好話所動，但這好話確實是我樂於聽到的。或許早年所讀杜詩，真的潛入了、滲進了靈魂？

有小朋友告訴我，她由某處得知，通常性情散淡者好杜甫，而熱衷功名者好陶淵明，據說那緣由是「互補」。這種解釋在我看來只有有限的有效性。我當年所好的，只是選本中的杜甫；杜甫打動了我的，是其詩意境的蒼茫寥廓，以及如止菴所說的「沉鬱頓挫」，是對家國及身世之感的表達的沉痛，透露於詩作的對於苦難的態度，那種纖細至極的悲憫情懷——與事功或散淡都不相干。對陶淵明也愛，只是愛之終不能深罷了。

常有人說中國的士人多由儒、道捏合而成，實際狀況卻遠非「表」「裏」「內」「外」所能形容。記得 1990 年年底在湘西，說到我好讀楚辭、杜詩，偏愛宋詞的「豪放」一派，同行的吳君即刻判斷道：你是儒家。我其實知道這算不得好評語，這年頭，「儒」相當於「迂」，以及過時的「經世」、「理想主義」等等。我何嘗不想「道家」，只是不能罷了。看看四周，像是找不出一個道家；別人指為道家的，我也只見其「似」。因而想，或許所謂「道家」從來是一種抽象，一種「哲學人格」；更近於「理想」。我自己卻又「儒」得不徹底，「入世」卻不大有「用世」之志，更不必說經世濟民、拯饑濟溺之類，倒是傾向於獨善，且常想避世避人。當然，這又會被用了精神氣質上的「儒」與踐履的「儒」等等來解釋。

一個有著上述閱讀經歷者，一旦有了適當的機緣，就走向了魯迅，豈不是順理成章的？

在以往所寫隨筆中，我也談到了「文革」中讀魯迅的經驗。即使已年深月久，我仍能記起其時那種近於「愛慕」的感情。我曾熱心地搜羅有關魯迅的傳記材料，回憶錄，以便想像其人。由對文字的迷戀而及於其人，在我是雖稀有卻也非僅有的經驗。說起來或許會讓你吃驚，我對郁達夫也曾有過一度的「愛慕」，只不過持續的時間較短而已。那是 70 年代末讀研究生的最初一兩年。我迷戀的理由，與五四時期的讀者或全然不同。我所欣賞的已非他有關「性」的大膽文字；相反的，他那種暴露癖倒是很快就讓我感到了膩味。我傾倒於其人的，無寧說是他的文字，那種在當時的我讀來，風雅而又瀟灑的文字，那白話中的文言韻味，揮灑自如的才情與學養。現在想來，無論對魯迅還是對郁達夫，愛慕、迷戀都更基於文字，更深的根據，則在早年閱讀古代詩文的經驗中。我很可能仍然沒有說清楚。其實心之所好，並非總能說清楚，它們本不需要複雜的理由，無關乎通常所說的「好」與「不好」，甚至「美」與「不美」。真正的理由也許是不可言說的。如人與人遇合中的那份相契，其背後是你的全部歷史，全部感情生活與人事經歷。「愛」是不需要申述理由的。而「語感」當此之時猶之肌膚感覺，確屬不可形容。我也因而疑心自己「靈魂深處」、「骨子裏」是舊式文人，有舊式文人在靈魂附體或借屍還魂——據此是不是可以敷演一個時空倒錯的怪誕故事？

這一種「緣」，紙面下暗流一般的，竟也被細心的朋友由我的文字中察知了。正如止菴令我驚訝地說到老杜，孫郁兄提到了魯迅，說，他總覺得我「深深地中了魯迅的毒」，儘管我並不大談及魯迅。你無法拒絕他人對於你的生命密碼的破譯。由此看來，始自中學時期的讀杜，與「文革」中的讀魯，對於我的意義已不止於「閱讀經驗」，其中有我最重要的情感經歷與生命體驗。

世上最難解釋的，就有這種文字緣，也是一種世諦俗緣的吧。人跟這世界的諸種關係中，文人與文字的關係，往往微妙以至隱晦，而你與這世界的最深的一種關聯或許就在其間。

你說你對川端康成在中國讀書界持久的影響力感到不解。這並不讓我吃驚。一九九一年在大阪女子大學講學時，我提到了川端康成，那些女生們竟笑了起來。但中國人對川端的興趣，決非只因了他的諾貝爾獎得主的身份。我們的讀者還沒有那樣膚淺與勢利。

大約是一九八六年的秋天吧，我曾加入「支持教育」的「講師團」，在河南一所縣辦的「教育學院」待了兩個月。那學校條件之簡陋已非你所能想像，圖書館裏可讀的書自然寥寥無幾。但我從那大半塵封的書中，淘出了一本谷崎潤一郎的《細雪》。已是深秋，我離開「講師團」之前的那段時間，夜間寒氣襲人。但每晚倚坐在床上就著燈讀《細雪》，卻是一種美好的經驗。那本書我沒有讀完，像是也無需讀完。在我看來這書正如中國的古代散文，原是無始無終的。我由自己的經驗猜想，中國文人讀川端康成（當然是其中譯本），有時大約像讀中國的古代散文，讀出的，是中國文人早已爛熟於心的那種節奏韻味和情調意境，而「情調」「意境」是沒有始點與終點的。

幸而你到得稍晚，這個夏天北京奇熱，我的房間室溫曾在攝氏33度以上。每天上午開始工作前，我會放一碟「民族音樂」，彈撥樂，弦樂，以為既能消暑，又能平靜心情。聽了一夏的，差不多只是三張碟。我也多少有一點國外的原版音碟，後來還買了一些水貨，試著提高音樂修養。但後來發現那也像是為獲取知識的閱讀，不免功利。最近突然地有了一種覺悟，想到活了這樣久，純然「為己」的時候太少。「吾生也有涯而知無涯」，也是《莊子》，說，「鷦鷯巢於深林，不過一枝；偃鼠飲河，不過滿腹」。這世界實在太大，你所需要的，或許只是那一點。不具備某種修養對於你未見得是怎樣的缺憾，你不必「小雞吃綠豆——強努」。

而聽民族音樂在我，也正如讀中國的古典詩文——不知這樣的陳述是否有助於你對於我的閱讀經驗的瞭解？

一九九九年八月

閱讀經驗（之三）

或許因了老衰，近幾年每到盛夏，會在職業性的閱讀之外，允諾自己隨意讀點什麼。有一個夏天，就曾用了蘇軾的題跋消夏。當這種時候，體溫隨室溫而升高，猶之發一點低燒，平素木僵的神經略見鬆動，有了其它季節難得有的興奮，於是有可能在「課題」之外，寫一點需要情感來配合的輕鬆的題目。《獨語》、《窗下》中的有些篇什，就是在這季節寫出的。

你大約已經由我的那些文字中，知道了早年對蘇俄文學的閱讀，在我，是何等重要的經驗。較之對於中國的古典詩文，那當然更是與一代人（甚至不止一代人）「與共」的一份經驗，只不過「與共」中仍有諸多差異、有人各不同的根據罷了。魯迅曾說到他關於俄國、俄國文學的印象，如「偉大肥沃的『黑土』」與「偉大的精神」（《祝中俄文字之交》、《〈魚的悲哀〉譯者附記》），如「異常的殘忍性和異常的慈悲性」，「廣大的愛」（《〈醫生〉譯者附記》），那也是俄國文學於我刻印最深的方面。即使由契訶夫的《草原》、屠格涅夫的《白令草原》一類作品讀出的，也是這種寬闊的詩意。時下的少年已不可能如我們當年那樣，沉醉於俄羅斯式的深沉雄大，否則他們就不會那樣沉醉於美式速食文化、港臺的「戲說」或搞笑片。

大約是我讀高中的那段時間吧，至少在大、中學生中，也曾有過「散文熱」。當時諸大家一時並出。近讀洪子誠先生的《中國當代文學史》，他將此標題作「散文的『復興』」。六十年代的「散文復興」，對於經歷過那一時期者的文體意識、文字訓練的持久影響，也如「九評」之類對論辯文體的影響一樣不可輕忽。事實是，直到「文革」後的八十年代，仍可由流行的散文樣式，輕易地辨認那種影響的痕跡。洪先生所提到的那些家中，不但秦牧，而且劉白羽的散文都曾令我喜愛（還記得劉白羽在散文中，將煙囪高矗的工廠，想像為一艘靜靜地行駛中的巨輪），獨不能接受楊朔那種曲終奏雅式的做作。大一時經了同室女生的推薦，一度著迷於魏鋼焰的作品，也就將對當代散文的愛好，由中學帶到了大學。魏氏大約不被認為其時的「大家」，名字也不大見諸文學史。但直到現在，我還記得他的作品中我們一致欣賞的幾篇，比如《黃河船夫曲》、《未出唇的歌》。

對當代散文的這份愛好，當最初養成時，自然有極實用的目的，即學習寫作，比如「謀篇佈局」。散文在這一方面，較之小說，從來是更適用的教材。卻也由那些作品，培養了「美文」的概念。如劉白羽、魏鋼焰所寫，依了時下的標準，應當稱得起「大散文」的吧。即使當時沒有這名目，也仍然是那「大」令我傾心。對於「深沉雄大」的偏嗜，顯然於其間發生了作用。我們確曾傾倒於蘊涵在那些散文中的人格力量。由遙遠的事後看去，這傾倒不也是青春的一份證明？我個人至今仍然認為，如若沒有過對大境界的嚮往（儘管這「大」界定模糊），沒有經驗過類似的心理、情感需求，這生命是有缺憾的。至於我自己，則直到七八十年代之交讀研究生時，才讀到了一些不同的散文，從而多多少少修改了關於「散文」、「美文」的理解。我終於有了機會傾倒於郁達夫的瀟灑，蕭紅的自然天成，而為張愛玲刁鑽的想像、無與倫比的才情所折服。

前幾年在《讀書》雜誌上讀到過陳國球先生有關香港中文教育的一篇文字，說香港選文趨向「陰柔」，與同一時期內地的風尚適成對比，倒讓我想到，五六十年代的散文，在參與造就幾代人的精神氣質以及文學好尚時發揮的作用。那種語文教育之為造人工程，其對於人的表達方式、情感方式的模塑，有窮一生之力也難以脫出者。至於「文革」中文風的競相粗放、粗糲，也應由前「文革」時期的文學習尚參與了準備。你或許不會相信，當時的我也曾像別的女生一樣，滿口粗話，以至有同班男生將我們比之於「三河縣老媽子」。豪言壯語，大話以及粗話、國罵，無疑是「雄健」一路的極端化。

至於陳國球所說到的那種「陰柔」，以及一般被認為屬於陰性的纖細，在宣稱「男女都一樣」的時代的不能行時，是無需解釋的。卻也因了同一背景，有對茹志鵑的幾乎是眾口一詞的稱賞——因而也仍然不便作一概之論。由於「性別意識」的被壓抑，其時的「讀書界」更樂於欣賞所謂的「陽剛之氣」。氣象闊大、氣勢恢鉅集、激情澎湃的作品，更易於贏得彩聲。即使到了「開放時代」，「女性化」的限度仍然是個敏感問題——你聽說過沒有前幾年對「小女人散文」的批評？至於連類而及的「小男人散文」，我至今也仍不知其所指。「小女人散文」的不見容於批評界，可以作為研究中國當代文化分流與精英知識者閱讀規範的例子。對文體的莊嚴性的要求，不消說形成在革命年代，但由後世看過去，又像是理學的流風餘緒——我的感覺是否有點古怪？

至於「文革」中通行的男性文體，其主要來源倒不像是前「文革」的散文。直到八十年代，對於中國的論說文體影響最大的，仍然首推馬列著作的中譯本，毛澤東著作，魯迅作品，與黨報的論戰文章與社論。後者中最具影響力的，則是六十年代的反修檄文。「文革」中的紅衛兵小報文采斐然，而理工科大學較文科有時更勝一籌，其文體淵源在我看來，不出上述幾種。這也應當看作其時的「大散文」吧。我自己也曾醉心於《法蘭西內戰》式的文本，其氣勢盛壯，滔滔直下，沛然莫之能禦，真令人血脈僨張，有生理性的快感。直到現在，內地大學生在辯論會上的不俗戰績，內地青少年令臺、港人印象深刻的雄辯，不也仍然令人可感半個世紀文風習染的力量？當然，「文革」中也仍然有「抒情性散文」的位置。我家鄉的紅衛兵小報上，就刊出過傷悼武鬥中死難戰友的情文並茂的文字，只是發抒「革命情」、「戰友情」，必不至於過事纏綿，以至令人聽出與時代的「不諧和音」罷了。

即使到了現在，在大陸散文以至論說文也品種繁多了之後，你也仍然能輕易地將大陸與臺、港的作者區分開來——不惟意識形態、知識背景，也有文體趣味、語言材料。大陸的作者像是寫不出如唐德剛、劉紹銘發表在《明報》月刊上的漂亮文字。但多數情況下，我仍然更喜愛（或許說「習慣」更適切）大陸的文風，以為固然時有八股氣，有套路，卻較為「大氣」，所謂「堂堂之陣，正正之旗」；相比之下，臺、港方面儘管語言材料豐富，運用靈活，卻有時會嫌太花哨。我當然也明白，所謂「大氣」，與語言材料的短缺（有限與共用），未見得沒有某種關係。

當然，文字對我們的塑造，絕對是個複雜的問題，決非這樣簡單的回溯所能理清。但有一點想必你我都會同意，即有些文字的確很深地「進入」了我們，成為了我們所以是我們的一部分根據。即使這樣粗略膚淺的追述也使我相信，在我們的閱讀經歷中，有我們的大半部歷史。這也是這個話題使我感到興奮的一部分緣由。只是我說得已經夠多，該是聽你的講述的時候了。

一九九九年九月

夢入天國

去年夏季最熱的那段日子，因了某種契機，我追記了自己的某些閱讀經驗。當然我也明白，追記即選擇，我肯定將那些經驗重新組裝過了。

也如一些家境許可的孩子，我的閱讀是由「童話」、「民間故事」開始的。母親當時在省教育廳上班，不知經了怎樣的交涉，我被許可了在那單位的小書庫中搜尋想讀的書。當年的兒童決不如現今的課業負擔沉重，我像是將那類書讀了很多。記得當時令我感動的，並非白雪公主和七個小矮人、灰姑娘或那個著名的木偶皮諾曹，而是一篇似乎是俄羅斯的故事，《一朵小紅花》。我不知那書屬於正宗的「民間故事」還是文人創作，也不知這作品是否還保留在兒童文庫裏。打動了我的，或許不只是那故事，更是那故事展開的方式，和彌漫其中的哀傷氣氛。

這種閱讀自然鼓勵了冥想。其時的我常常會期待奇跡，癡癡地看著一片樹葉，試圖相信它是由某種神意幻化而成的。自然也想像過自己做了公主；但關於多情王子的期盼，在記憶存儲中卻了無痕跡——當然也可能是它們被最先過濾掉了。童年冥想的習癖對此後的人生想必影響深遠——這一點留待今後再去尋究。現在能說的是，即使在幾十年之後，在已成大人以至老人之後，我仍會在一個失眠之夜，想像有那麼一張飛毯。只是多少有點煞風景的是，隨即想到的，是一些極實際的方面，比如那飛毯是否有保溫功能，能否將我裹在一團溫暖之中。

這期間也曾愛聽鬼故事。鄰居中一個善講此類故事的大媽，常以此為誘惑。我至今還隱約記得殭子在屋頂上跳一類情節，只是不敢確信是由那位大媽那裏聽到的。每晚都嚇得要死，卻又忍不住去聽。當然，待到長得稍大，就明白了可怕的更是人。有一時因讀多了蘇聯的偵探小說，夜間如廁時，為幻覺所驚嚇，大叫著狂奔出來。直到八十年代初，還因一部關於「百慕大三角洲」的恐怖片而驚懼不已，臨睡前不但將前後陽臺巡視一過，還用了電筒窺探了床下。在更成熟老到者看來，這或也是「童心」的一點遺留？

童話閱讀的下一程，即現實主義與「批判現實主義」，反差強烈，其間像是全無過渡。我現在寧願相信，對蘇俄文學的過早接觸，對我的「童心」是摧毀性的。它們將我強行推出了童年。這之後即使沒有全然失去，卻也不曾真正找回「童心」。在這一過程中漸漸喪失的，自然就有好奇心。《封神演義》甚至《西遊記》從來不曾引起過我的閱讀興趣。《西遊記》讀了一部分，中途放棄了。至於正待躋入「經典」之列的金大俠所作，則連打開的念頭也不曾有過。由此看來，我作為「文學研究者」的資格，是否應當受到質疑？對科學幻想小說也幾無涉獵，至今不曾碰過儒勒・凡爾納。也不大喜歡好萊塢的科幻片，想不通美國佬何以能醉心於如《侏羅紀公園》一類製作。這與「成熟」之類無關，只能歸因於心理的早老。由此想到關於美國佬傻的說法。這「傻」又何嘗易得！我們則是太聰明了，因而隨處充斥著機詐權變。

那種美式「科幻」，豈不就是成人們的白日夢？即如「時間隧道」之類，正屬於人類世代的夢想。前些年短期客居香港時，曾有一部「時光倒流七十年」的言情片，熟人鄭重地向我推薦過。無論是否懂得相對論，是否看到過那幅關於鐘錶時間的著名的畫，你對這類夢都不會陌生。至於近期所看而令我感到興味的，則是一部關於老人院的老人乘了外星船飛升的影片。即使那片子的製作遠非精美，也不妨讀作一則真正的「老人童話」，其中盛載了最為普遍的老人夢想。那片中的外星，正是天國。即使全無宗教意識，我也常想到天國。而善於做成人夢、能源源地製作出「成人童話」、「老人童話」的，想必是衣食豐裕的幸運的人們。

「夢」與「夢想」固然有語義關聯，「夢想」在通常的運用中，卻更可與「理想」代換。我曾寫過記夢的散文，「夢想」卻像是一個遠為難作的題目，太容易為了求深而刻意經營，大約由兒童作來更為適宜。2000 年到來的前夕，由媒體讀到國外兒童有關未來的夢想，那些想頭確實可愛，我卻驚訝何以那些夢幾乎全不涉及「貧富」。或許那些國家都早已富了起來（但首富的美國不也有大批無家可歸者嗎？），更可能的是，貧窮只是未曾真的進入兒童的視野。這又有幾種可能：接受採訪者大多為有某種背景的孩子；成人出於保護意識，不給他們看到這世界的醜陋與殘缺。如果真是這樣，我不知這類保護措施是否明智。

至於說到自己，如若我此刻承認至今尚能感動於老杜的「安得廣廈千萬間」，或許會有人怪笑的吧。因了在貧窮的中原長大，看慣了貧困對於人的侮辱與剝奪，尤其行乞老人悽楚無助的眼神，我始終不能忘懷杜詩的悲愴旋律。無論將被怎樣指為虛矯，笑為淺薄，我仍然願意說，一個普遍溫飽的世界，一個給予老人人的生活的世界，是我此刻最夢想的。這自然也是白日夢。近一時期處理明人有關「井田」的言論材料，重又聽到了其時的士人以各種方式重申的古老的「均平」理想。我不懂得羅爾斯或哈耶克，也不知能否運用（或只是借用）「社會公正」這概念於我所研究的那個時代，我卻知道在中國的士人，由杜甫所經典地表達的，是怎樣頑強的想望，其中有著怎樣的真誠。

我曾自慚於自己的脆弱，終不能如魯迅寫在《求乞者》中的深刻透闢。似乎由比較早的「早年」起，我就懼怕面對貧困，在這方面，有適足以自虐的病態敏感與想像力，「過目不忘」且「念茲在茲」的記憶力——亦「不宜於生存」之一證的吧。幸而得書齋庇護，少卻了許多「直面」的機會，然而一旦遭遇，仍不堪其苦，直欲逃入虛空。有時甚至會有冷酷的念頭，想到那人何以還活著，而不尋求解脫。據報載，全球有 8 億人在挨餓，我不知這統計數字是否包括了中國，而有關的數字是怎樣得出來的——我們作過負責任的統計嗎？這類統計是否真的達於窮鄉僻壤、邊遠山區？老人的境況有沒有受到過特殊的關注？這貧富日益分化的世界令我恐懼，在對我造成直接的生存壓力之前，心理的重負已令我不堪承受。曾經讀到關於一本《中國貧困警示錄》的介紹，那是一個部隊文職官員的社會調查記錄。僅報紙披露的該書中的有限材料，已足以令我戰慄。

日益衰憊，激情漸失，早已不像當年那樣易於動情。但有些題目仍能令我激動。我自恨不能自欺，不能在偶而瞥見時背轉身去，不能麻痹自己，無論是「未來光明」的許諾，還是「必要代價」的名義——如此大量的貧困難道真的屬於正常而不可避免的「歷史過程」？

在經歷了辛苦麻木通常無夢的中年，進入漸多怪夢的老年之時，我已久違了繽紛的夢想、甚至不慣使用「理想」一類字眼。「大同世界」尤其不是我此刻的夢，我寧願相信那世界只在天國，那艘老人船所要飛往的天國。

在美國那位著名的馬丁．路德．金之後，人們仍在使用他使用過的激動人心的題目，《我有一個夢》。只是在金的講述之後，已難以再有同樣精彩的講述。但這仍然是一個好題目。儘管在這題目下，我作出的只能是如上的平庸文章。這文字是否會令約稿的先生失望？

二〇〇〇年二月

文字生涯

由前輩作者的文字中，讀到一些現代知名作家與文房四寶有關的習癖，倒不禁令我記起了一點舊事。記得「文革」後期在家鄉教中學時，突然有了寫作的念頭，其時選中的，是一種 500 字一頁的大稿紙。當時這種紙並不易得，還是表哥設法給弄到了一大沓，像是要供我源源不斷地寫下去，而我也似乎非這種稿紙便不能成文似的。啊，要寫文章了！於是將那大稿紙鄭重地鋪開去。現在想來，那份對稿紙的挑剔更像是心理鋪墊，為了緩解對於「寫作」的恐懼——用這種稿紙確也不曾寫出過什麼佳作。

在「學術」漸成職業之後，養成了作札記的習慣。在相當長的一段時間，用來寫札記的，是檯歷紙的背面。於是每到年終，即要遍尋此種檯歷，也像是非有此種紙便不能成片段，甚至丈夫對此也上了心。寫札記必用鉛筆，且鉛太軟太硬均不可。正式成文則必用鋼筆；字寫得太壞，用筆又狠，竟用劈了兩支日本朋友送的派克筆的金尖，自己也覺得豪奢得可以。直到後來用了電腦，才不再為筆尖所苦，而札記又改用了廢打印紙的背面，仍像是非這種紙便不能成句。於是常常要將種種影本保存起來，以便廢物利用。掂掇文字是何等嬌貴的營生！我何嘗不明白自己的上述習慣有強迫症的嫌疑，但對筆對紙的敏感確是實實在在地影響到了寫作狀態，並無絲毫的矯情。據我想來，傳說中文人的怪癖，有些或也因了強迫症，為了緩解某種心理壓力的吧。我敢說其中一定有人，如我似的懷了對於寫作的恐懼。

記憶中的寫作，像是一開始就緊張，即使是給二三好友看的文字，或書劄。對操控文字的不自信，對「為文」的恐懼，在我曾經是持久的壓力，只是到寫作漸成日課之後，這份緊張才稍許緩解——更可能緊張已成常態，習焉不察罷了。無論用檯歷還是廢打印紙，都合於節約的原則。而在我，除節儉的積習外，也未始非由不自信——這不自信已成無意識，將我自己也騙過了。

但弄文字既久，確也訓練了一種敏感。在一組關於「閱讀經驗」的隨筆中，我說到了那種猶之「肌膚感覺」的語言敏感。文人被認為的怪僻，除了上面說到的原因之外，也應緣於此的吧。這裏也有人的片面化——片面發展了的知覺與能力。但在我，挑剔固然挑剔，卻又極易折服於異樣的表達。通常佩服的，還是作家，尤其非專業「散文家」的文字，即如余華、王安憶、葉兆言的隨筆、創作談。令我感興趣的，是讀人的角度、深度，對世道人心的洞見，文字的漂亮還在其次。曾有人宣導過作家與批評家的和解——其實在我們這裏，真正的對峙或許壓根兒沒有發生過。在我看來，批評家與作家間良好關係的建立，也有賴於越界：各自做一點對方分內的事。只是那效果或許倒是使其中的一方更看輕了另一方——比如作家對於批評家。

我清楚地知道，自己不會這麼一直寫下去，早在開始做學術——也即開始寫作供發表的文字——的時候，就隨時準備著一旦擱筆。這倒不關「才盡」與否，因本來就無所謂「才」。近十幾年來，疲憊感一再襲來，有時真的是刻骨銘心地厭倦，簡直是在掙扎著做，因找不到一個可以不做的藉口，也因除此之外別無謀生之道。有朋友說我的文字是有觸才發，看得實在準。我的確常常是借他人的文字，刺激自己麻木的神經，而力自振作。因而很明白總有即「觸」也不能「發」的一天。文思確也不可能如自來水龍頭，擰開即嘩嘩流出。但到了那時，仍會有非為了「面世」的寫作，只供自個兒把玩，或向二三好友傾談。

以「文字」作「生涯」，較之以別的什麼作「生涯」，既說不上好，又說不上不好。只是凡職業都有代價罷了。應當承認，對文字的感覺豐富了我的生活。掂掇文字中的快感，是凡以文字為「生涯」者都能體味的。我曾以小自耕農自比；那種在所經營的一小塊土地上收穫的，確是一份實實在在的快樂。

二〇〇〇年九月

書店情結

這題目或許會使讀者上當，以為所寫是愛書者與書店的「情緣」。我想要說的倒是，我並無此種高雅的情緣。去書店購書與去商場購物，在我的經驗中並無顯然的區分。在我看來，書店中進行著的只是求購與出售，與商場本無大的不同。順道去書店，往往目標明確，「直奔主題」，決非因了「書香」（近些年還有了茶香或咖啡香）的吸引；搜尋到了要買的書，即刻打道回府，也決無流連忘返之意。

對書店缺乏特殊感情，或也因了早年記憶。那時家在中原一座城市的近郊，交通落後，進城要靠自行車或步行。我偶而會在晚間與父親步行到市中心，於是就有了機會在當時那城市最大的一家「新華書店」裏，目睹父親的受窘。他只是向售貨員問到架子上的一本書，那女人用了輕蔑的口氣說，你到底買不買？父親將那書拿在手裏，又訕訕地還了回去。他那晚肯定沒有帶夠買那本書的錢。父親在大學教書，因久住校園，他在我的心目中，自然是個值得尊敬的角色。或許只是在這種場合，我才模糊地感到了父親的寒磣，甚至在那一瞬間，竟有了對於父親的輕視。我們步行回家，無論父親如何故作輕鬆，都不再能引起我的興致。儘管那年月隨處會遇到什麼人的白眼，這不愉快的記憶仍然與書店黏在了一起。

那時只有「新華書店」這一種書店，其招牌、陳設，易地皆然，同是一副面孔。後來讀到過姜德明所記何其芳與海王村，以及關於舊時琉璃廠的一些文字，那種風味，讓我想到了日本的小酒館，不能不感慨於「書店文化」的流失。近些年興起的大書店，並不就能重建文人與書店間的個人關係；那些書店不過提供了較之先前的「新華書店」更寬敞也略具人文氣息的購書環境而已。在我們這裏，一種文化的流失往往徹底，如洪水過後的了無遺存。

這樣說又不免過頭。其實如目下京城中「風入松」、「韜奮圖書中心」一類書店，已有了自己的情調。我曾在已成「韜奮圖書中心」一景的店內臺階上，看到過一個臉龐渾圓、膚色微黑的女孩，神情專注地在讀書，舊衣褲像是還散發著汗味，不知是由哪個「外省」經歷了怎樣的艱辛來到這裏的。書店的臺階較之京城的其它處，一定更友善，也更令她安心。我知道這臺階已使女孩滿足，卻還在設想能否經由對書店空間的進一步切割，營造情調、氛圍，修復、重建讀書人與書店間的文化關係——這念頭是否已近於奢侈？

至於我自己，則幾乎與所有高雅的嗜好無緣，既無「書店情結」，也無「圖書館情結」——「冷板凳」也更樂於在自個兒家中坐。作為學人近乎墮落的是，甚至少有訪書的念頭，單位的書庫中遍尋不著，即寧可暫時「付諸闕如」，只將那書名記在「待訪」書目裏——僅此一端，就不大象一個合格的「學者」。既不熱衷於藏書，也就不大懂得藏書票之類玩藝兒的妙處，自然更不會摩挲文玩清供，享受那種脫俗的快樂。事實是，我全無文物知識，因而見了銅銹斑斕的古彝鼎，決不會動「倘若能搬一隻回家去」的邪念。儘管天天碼字，對字也並無特別的嗜好，不懂得鑒賞法帖，而《說文》那一種艱深的學問，更是絕對不敢問津。在這些方面，確實屬於近半個世紀生長起來的文化不多知識有限的一代。由物質匱乏的年月活過來的，即使此後稍有餘裕，也難以培養「貴族趣味」，猶之村夫子、鄉塾師，物質、精神兩面都顯出寒磣、拮据，從表到裏處處可見「歷史烙印」，無論與前輩學者還是與「新人類」、「新新人類」，氣象均有不同——這樣說又不免以己例人。我其實知道不少同代人或稍晚的晚輩，是及時地補了課的。只有一點與那臺階上的女孩或相去不遠，即由閱讀中獲得的快樂。文字總能令我快樂。不知那女孩現在在哪裏，有書讀嗎？

二〇〇〇年九月

越界讀書

70年代末考取研究生、師從王瑤先生時，曾因「專業思想不牢固」而令先生不滿。我的確喜歡旁騖，「不牢固」是真的。那專業確也不能滿足我的所謂「求知欲」。那些年裏，我幾乎不買專業方面的書，除了為寫作論文的閱讀外，所讀多屬「界」外的書。那時自然沒有關於「學科—權力」的覺悟，倒是意在惡補，一段漫長的荒廢之後滿足知識的饑渴。同時也有模模糊糊的「相關」的感覺——其實在一種大視野中，所有那些知識門類無不相關。行文至此，竟油然而有寥廓之感，渾渾莽莽如鴻蒙初開——我自己走神了。近些年來則更擅離專業，在文學與史學的邊緣遊蕩，若先生有靈，當不致蹙額的吧。人生在世，「界」已夠多，以此自限，更畫地為牢，豈不可歎！

說「越界」，自然也因有所謂的「專業壁壘」。在你是越界，由「界」那邊看，則是「闌入」，都像是有點出常。其實中國的傳統學術，文史本不分，分應自本世紀尤其近幾十年始。其間更因了文化破壞，以至「隘」、「陋」成了幾代人的標記。隘、陋的又豈止學問，更有人格的吧。你事實上經受的，是物質與精神的雙重貧困，因而氣象自與前輩學者不同。「經歷」留在我們身上的痕跡，亦如時間之於皮膚上的刻痕一樣無從磨滅。如我似的，在前輩學者不見其「界」的地方作「跨越」狀，想來也不禁心酸。近些年關於學科劃分與「文化權力」談論漸多，開放「邊界」的呼聲漸高；但「壁壘」的拆除較之搭造，未見得容易的吧。過去有所謂「通才」教育，久已不聞了。專業劃分的日益細密，本有其歷史的合理性，卻終成限囿，也如人類的其它制度性設置。九十年代以來，我所在的專業，漸多逸出，而出走者多一往而不返，未見得不是好事。只有逸出，方知別有洞天，你的世界也會因之而擴展。就我的體驗而言，那確實是一種美好的感覺。

讀書不妨越界，卻大可不必一踏上別的地界即以「成家」為目標。一位極聰明的小說家，談到其養花的失敗，說她悟到了人一生只能做成一件事。古今中外確有在多項專業成才的人物，但作為常人，較為切實的目標，確也是「做成一件事」——這目標已難以抵達，何況「做成」的「成」，又該如何度量？事實往往是，經由越界，你更驗證了你「知識佔有」的限度，看清了你所能到達的極限，故而更能安心、甘心地經營一小塊「自己的園地」，對收成不抱過分的期冀，甚至就如小自耕農似的，以收穫幾畦菜、一囤糧食自喜。

讀書而僅以自我完善為目標，確也是別一種境界，在我是雖嚮往而尚不能至的。我自己即使到了「界」外，也仍不免於「職業化」的讀書。但這種讀書也另有補償。即如近些年接觸史學著作漸多，竟有一種像是飄浮之餘，踩到了堅實的地面的感覺，於才氣、靈氣等等之外，切實感到了「工夫」的分量。在書店的架子上瞥見「漕運」、「賦稅」一類題目，甚至會油然生出敬意，自以為能想像那份枯燥與繁瑣，想像其人耙梳鉤稽於故紙中得一線索時的難以與人分享的快慰。我並非以為惟此才叫學術，卻相信這一種訓練對於造成「學術態度」的必要性。當然我也明白，我的上述感觸，多少也因了年齡。記得讀閻步克那本《士大夫政治演生史稿》的後記時，遇到「游於藝」的字樣，曾為之心動，以為這意境在學人中業已古老。京城從來不缺少聰明人、巧人，卻也總有笨人、韌人（這名目或是我杜撰），能用牛勁，耐得住寂寞，青燈黃卷，樂此不疲。

也仍會有新的盲點、誤區。即如多讀了史學著作，以史學規範衡度文學，即往往不免苛求。向文學要求「信而有徵」，無疑方枘圓鑿。其實我仍在繼續得益於「文學研究」這一背景。即如對文獻的態度。文獻非即「史實」。依了我自己的閱讀經驗，寧以諸多文獻為「記述」，由此有了自己「讀史」的方式，也算一種意外的收穫的吧。

二〇〇〇年九月

學術—人生

「學人」這名目古已有之，至於近十幾年使用漸廣，我總懷疑與那份題為「學人」的集刊不無關係。最近讀到了友人回顧那份集刊的文字。我知道，當八九十年代之交，為刊物選擇這名目，是有極鄭重的期許在其中的。我自己前一時曾在隨筆裏，寫到世俗關於學人尤其女學人的成見；我也曾由作家那裏，讀出過對於學人的輕蔑。我何嘗不知道為這作家所「嗤」的，是某一類（甚或某一個）學人，但總覺得這份輕蔑損害了輕蔑者自己——用了古人的說法，至少是在「示人以不廣」的吧。

古人有儒者、學人、文人的三分，與此對應的，則有桐城派所謂的「義理、考據、詞章」，在我看來作為人生境界本各有其勝，也不可彼此替代。就學人與文人而言，以為不「文」方入於「學」的，與確信「不學」才「從文」的，不免各是一種偏見。在我的經驗中，「學術」也是一種面對「生活」、對「當世」發言的方式。有好學術與做得不好的學術，也如有好的小說、散文與較差的小說、散文；至於學術與文學（更動聽的說法，是「創作」），其間並無等級之別。所以「相輕」者，無非各以所長驕人。我自己也偶作散文——或可歸入「創作」一類，但仍認為就我而言，以學術的方式發言較為便利。至於「學術」作為著述方式，不僅繫於「學問」，也繫於人生境界，這一點與文學（創作）本無不同。因近代以降高度發展了的社會分工，造成職業、行業隔膜，視他人如怪物，如異類，即在所難免。至於對「學人」的異類感，或也因了「學問」的神秘性，與「常人世界」似了不相干——何嘗不是誤解與偏見！

章學誠說過，「學不可以驟幾」，這話，我的理解是，為學不但要求工夫，也要求屬於性情的「沉潛」。依我的經驗，緣學術以讀人閱世、觀察社會人生，確也有可能入深——當然深淺也繫於人。較之別種著述，學術的確從來便於「以艱深文其淺陋」。那其實更像一種拒絕的手勢，只為了恫嚇圈外者。魯迅挖苦「創造社」中人往往有一張「創造臉」，「學問臉」也同樣可憎。其實你的那點意思，未必不可以換一種方式說出來。那道令後生小子望而卻步、視為畏途的學術「門檻」，未必不是蓄意打造的。

也如古人，人的為學人、文人，根源於性情，本不必刻意。有朋友一再提醒我學術之斫喪性情。我自己也一再寫到我所體驗到的「學術」這一種職業活動之於人的塑造。事實上，任一職業都在塑造從業者，只不過有程度的不同而已。人做學術，學術也在「做」人。你不能逃避被學術所「做」，被專業、技藝等等所「做」，這也是人的一種生存處境。人大約總是要被什麼所「做」的吧，因而《莊子》式的智慧不大會過時。人生在世，固不能全不為「物」所「役」，仍不妨懷有一份警惕，無論「役」者為專業，為學術，為文體，為形式。在我看來，從事學術的一種便利，即較有可能保有反思態度——當然能否保有，也繫於其人。

至於識辨學人與非學人，當然不能僅由著述形式著眼。但學術確有其「方式」，在運用者，未始不也為了藏拙。所謂「戴了鐐的跳舞」，戴鐐往往只是被由「束縛」的一面理解，其實也可能出於需求，否則便不好解釋何以舞者樂此不疲。無論何種職業、行當都有格式、有限定——固然為了確立規範，也藉以拒絕無準備的闖入者。才分屬於天賦，而格式則不難習得。到了將格式操練得嫺熟，也就不再以戴鐐為苦，甚至無鐐即不能成舞步。那時你會將「格式」等同於學術，以「能學術」自滿自足。這也正應當是推究「格式」的負面意義的時候。

至於學術氣象，自然更繫於其人。當代人已不大有「品」的概念，其實學術向有其「品」。「光明俊偉」的人格與屬於這一境界的學術，總是值得追求的。

我自知這些意思很膚淺，所謂卑之無甚高論，《中國文化報》來約文稿，即將常對自己說的話寫了下來，或許可供學術圈外的讀者一嗤？

二〇〇〇年十一月

關於「枕邊書」

前一時由某報上讀到有關「枕邊書」的問卷調查，對象是大學生。問題似乎很讓被調查者為難。除了《紅樓夢》(以至《莊子》、金庸）之外，被認為值得放在枕邊的書，寥寥無幾。這倒提醒了我。我問自己，我所讀過的書中，有哪一種是宜於放在枕邊的？我首先得承認，我已不大有「枕邊書」這概念。當著讀書早已成了每日的功課，而年齒日長，瑣事漸多，臨睡前翻翻日間來不及流覽的報紙是常有的，書也就不大去讀了。倘若遇到問卷，我的回答多半會是「枕邊久已無書」的吧。但枕邊讀「閒書」的習慣確乎有過，用了童話敘事，那像是很久很久以前的事了。前幾年也曾將書放在過枕邊，那種讀書卻更是「工作狀態」的繼續。比如讀過關於《周易》的「初級教材」；還在枕邊放過一種《正草隸篆四體字典》——當時痛感「識字」少之為一種缺憾，且對書法有了突如其來的興趣，為此由琉璃廠運回了段玉裁的《說文解字注》以及一套《三希堂法帖》，大有惡補一番的決心。但也如對佛學與《易》學，在擺出了陣勢，購置了書之後，終於不了了之。留在架上的書，只供日後對那段小故事的回憶；而枕邊的書何時放回了書架，就全不記得了。但那種識字少的缺憾之感卻仍在，每每會想，如若能「重新來過」……

枕邊書的消失，在我，無疑是職業化讀書的一種代價，意味著功利性對心性的侵蝕，專業化的過程中個性的流失。我對此何嘗沒有反省的能力，只是囿於積習，難以自拔罷了。而大學校園中的莘莘學子的苦於枕邊無書（我猜想並非真的無書，而多半是無某種書），他們中有些人面對問卷的茫然，想必另有緣由——現代、都市人生中「閒適」（也即為枕邊讀書通常所需的那種狀態）的喪失；大大多樣化了的消閒方式的誘惑；閱讀經驗的時尚化因而不便書之於問卷（他們中的有些人或許是將枕邊書與「經典」混淆了）；因了時尚的覆蓋或過分地依賴於引導，個人化閱讀的消失，等等。無論屬於哪一種，與我的情況都不相遠。我們所經驗的，不過是「現代人生」中極其普遍的情境罷了。

近一時，竟對退休生活嚮往起來，想像著那一種擺脫了學術的「無所為」的讀書，甚至會盤算讀些什麼書，比如博爾赫斯、普魯斯特，比如蘇俄「白銀時代」的作品（擬這書單也依然未脫功利的目的）。但讀這些書不大象是會在枕邊，也如早年的讀托爾斯泰、陀思妥耶夫斯基、契訶夫，多半要正襟危坐的吧。但真的到了那時，或許有幾種書又會回到枕邊。比如胡雲翼的《宋詞選》，馮至的《杜甫詩選》，或者還有《楚辭選》、《古代散文選》之類。前不久某報徵集「百年文學經典」，參與者自不免見仁見智；由發表出來的文字看，都像是體驗既深而研究有素。記得有人說過，由一個人的書單，即可大致知曉其所受訓練，以至所屬的「代」。由書單可以窺見的或許不止這些，還應當有其人趣味的是否合時，所受訓練是否「現代」等等——「讀書界」何嘗沒有自己的勢利！我只是一時還想不明白，由我預擬的上述枕邊書單，能教人辨認出何種「代」的印記呢？

但「枕邊書」確乎是好題目，因為它非如「百年文學經典」的正式，需要反覆斟酌以便充分顯示學養與訓練。當然也應當說，這兩種書單本有性質之別，打個不甚恰當的比方，前者像是選勞模，後者則類似談戀愛——愛就是了，無需申明理由。當然，枕邊所有的無妨是經典，只不過其置諸枕邊的原因應與文學史的撰寫者有所不同罷了。經典之宜於或不宜於「枕邊」，首先應視其為「枕邊」這一情境所需要的程度，而非其文學史上的地位。我倒是認為「枕邊書」的問卷較之「百年文學經典」的調查更有意思，也更有社會學的價值，由此非但可以瞭解某代、某群人的「讀書生活」，而且可資考察普遍的知識狀況以至普遍的生存狀態。當然這種書單較之「百年文學經典」也應更見性情，因為「枕邊」之為情境從來就更個人化，無需顧及他人的注視，更鼓勵「率性」。當然也不排除以此種書單為特殊的表達，因而用心過深、甚至造假的可能。

在我個人，不但不以學術、而且不以求知為目的（因而大可不求甚解），由此回到早年的閱讀經驗，想必是件美好的事。在床頭燈下，倚在枕上（最好窗外有一夜雨聲），翻開《宋詞選》或《杜甫詩選》的隨便哪一頁。這樣的讀書在我，當無異於讀自己的舊事，翻弄老照片，或許會找回似曾有過的寧靜恬適，一種更與老年心境相應的淡然而悠遠的懷念的吧。

一九九九年六月

藍襪子

我知道「藍襪子」這名目，大約是在早年所讀外國小說中，因年深月久，不知有無誤解。其時的印象是，儘管博學之士受人尊敬，博學的女士是決不可愛的。她們通常形容枯槁，刻板，嚴厲，尤其與「童心世界」不相容，有一點點像兒童眼裏的狼外婆。在世俗眼光中，這類女人因遠離俗務，決不「宜室宜家」。更早一個時期，人們還相信女人追求學識是不自然、甚至反自然的。這種女士無異於怪物。古代的才女其「才」通常在詞賦（以及「琴、棋、書、畫」)，即以李清照的才智學識，也更樂於用在茶餘飯後以「書史」知識與丈夫「角勝負」上，而無意在經學考據之學上，與男子一比高下，——儘管未必真的沒有這種能力。也因此「才」而不失女性的婉約，不至枯燥乏味失卻風韻。

幾十年後，當我自己踏進了這傳統上由男人獨佔的領地，發現即使在朋友圈子裏（其中自然有的是經了五四新文化洗禮的明達之士)，也能察覺到微妙的輕視。那些男士像是更樂於奚落我的不長於烹調，更願意強調我「家政」方面的無能。有朋友告訴我他聽到的有關我的傳聞，除不事中饋、不問柴米油鹽外，還與丈夫約定了進入我的房間必須敲門:「可以進來嗎？」「請進。」我於是知道了，在這塊地方，一個女人如若沒有什麼異常（異於尋常女性)，其立足是難以解釋的。她必得憑藉某些額外的條件，才能有所建樹。進入這一通常屬於男性的領地的女性，要以放棄一部分女性特徵來換取通行證。她們需要部分地男性化，雄性化，才更有可能與角色諧調。

被認為不應食人間煙火的，其實不止女士。稍早一個時期，博學的男士亦以囚首垢面、常識不備者，較易於為世俗接納。此等人的「民間形象」早已定型化了——你即刻就能想到戲曲舞臺上那些迂闊低能的書生。到了近代，被定型化的不止學人。即如畫家，就以居處淩亂，長髮披肩，衣褲上塗滿油彩，更合於普遍的期待。上述種種，既是那等人物的特權，也是可以寬容甚至縱容的缺陷。人們樂於對此寬大為懷：「藝術家嘛……」

「學術」從來被認為較「文學」更遠於人生、俗世。學人已是世俗眼中的另類，女學人更被異姓同行視為另類，必得劃出一塊地面以便安頓：女性話題，女性文體，女性方式……如若尋不出此類徵象，其人已被男性同化無疑。女性文體應當是溫婉細膩（至少不失溫婉細膩）的，女性方式應當是富於感性的，以「感受」見長的（「思辨」已被男人申請了專利）。尖刻，犀利，雄辯，都要冒喪失「女性」的風險。至今較少受到女性襲擾的領域或許是哲學、經濟學？最好女性能繼續視之為畏途，知難而返。文學是例外。文學一向是女才子炫耀才情的所在，連帶的「文學研究」也對女性多了一份優容。與文學文本打交道應當有利於保障女性的優雅，儘管這一點早已變得可疑。粗鄙，粗俗，正在冒瀆普遍的審美感情，纖細、脆弱的女性豈能幸免！那方「女性不宜」的告示業已備好，掛出來只是時間問題。

寫這篇文字，我並不打算申明自己的尚能家務，至少不拒絕家務——這話題實在已近於無聊。我真的以為缺憾的，倒是曾經寫到過的「不會玩」。這看起來像是與「學人」、「藍襪子」有關，其實並不然。我的枯燥並非始自做學問，當然也可能是，自做學問後枯燥日甚。今年夏天與東京的近藤女士夜談，簡直有點嫉妒她對於電子遊戲的癡迷。年齒日長，不會玩將有「致命」的性質。於是暗自盤算，即使晚了一點，是否能培養某種嗜好……

順便說一句，我的確喜好藍色，即使並不穿藍襪子。色彩中我喜愛藍與灰——或也可供人由此分析性情的吧？

一九九九年十一月

《明清之際士大夫研究》後記

關於寫作本書的緣起，我已反覆說到。在近幾年所寫散文中，我對自己九十年代初由中國現當代文學轉向「明清之際」曾一再回溯。正如當年進入現代文學專業，只是為了擺脫那所我在其中任教的中學，涉足明清之際，也像是僅僅出於文學研究中的某種心理疲勞。但終於選定了這一帶河岸作為停泊地，畢竟有更深的緣由，只是一時難以理清罷了。即使在這項研究進行了六年之後，將所做的工作訴諸清晰的說明，仍使我感到為難，儘管我也一再說過，「士大夫研究」是我本人的現代文學研究在同一方向上的延伸。我確也在從事現代文學研究時，就有意清理自己關於「士」的似是而非的成見；後來的經驗證明，原有的那些看似自明的概念，在限定了的時段中，遭遇了質疑與校正，現象的複雜性因而呈現出來。

至於明末清初在思想史上的重要性，已無需論證。龐樸先生在近年來發表的文章中還談到，他「認為中國明清之際出現過啟蒙思潮或者叫早期啟蒙思潮」（《方以智的圓而神》，《傳統文化與現代化》1996年第4期）。日本學者溝口雄三則認為，「如果就中國來看中國的近代歷程」，那麼明末清初政治上的君主觀的變化，與經濟上田制論的變化，「應被視為清末變化的根源」，「從這裏尋找中國近代的萌芽，決不是沒有根據。」（《中國的思想》第111頁，中國社會科學出版社，1995年）但這仍然不是我選擇「明清之際」的最初的原由。也如在現代文學研究中，我與題目的相遇，通常憑藉的是直覺，是某種契合之感；我最初只是被明清之際的時代氛圍與那一時期士大夫的精神氣質吸引了。於是在幾乎毫無準備、同時對自己的力量並無充分估量的情況下，我邁過了那道門限。

如本書上編這樣將研究材料作為「話題」處理，以及有關話題的分類原則，也同樣未經事先擬定。只是在這一角度的研究到了一個段落之後，才想到了如下的解釋，即明清之際的上述「思想史意義」首先是士大夫經由「言論」提供的。言論通常在「話題」中展開，而「話題」則在具體的歷史情境中展開。言論無不反映著其賴以生成的環境，包括話題在其中展開的言論環境。明清之際言論的活躍，頗有歷史機緣，即如所謂「王綱解紐」所造成的某種鬆動，某些話題禁忌的解除；明代士風士習（及「左派王學」）所鼓勵的懷疑、立異傾向等。此外還有制度上的原因，尤其與「言論」關係較為直接的明代的監察制度。「明清之際」最初吸引了我的，就有其時活躍的言論環境，生動的言論方式，以至某些警策的議論。至於本書中所討論的「話題」所體現的分類原則，自然更繫於個人旨趣，個人的經驗以及知識準備、理論視野，是由能力、訓練、原有的研究基礎事先規定了的。

「明清之際」是個起止不明確的時段。在這本書中，它大致指崇禎末年到康熙前期。之所以不用「晚明」這更常見的說法，而用「明清之際」，自然著眼於「易代」這一事件及其所引發的社會、文化震動的深刻性。寫作本書上編諸章時，「明清之際」對於我，首先是一片活躍而喧囂的言論之區。我在此分辨不同的聲音，對語義作分類處理，以便發現、確認思想的線索。幾乎從一開始，我就被「言論」所吸引。一個論題的擬定，通常是在遭遇了令我的精神為之一振的「說法」之後——我確也像在現當代文學中那樣，會為某種出常的表達方式所吸引。我遊弋在那些線裝或洋裝書的字行間，更像一個狩獵者，隨時準備獵取言論及言論形式。這種情形其實與我原先的工作不無相似：當我在現當代文學作品中漫遊時，也往往並無明確的目標，卻同樣充滿期待，隨時準備被特殊的智慧及智慧形式所激動。當然，在此後對言論材料依「話題」為線索梳理時，我已由最初的激情中脫出，努力於尋找言論背後的邏輯，言論與言論者的經驗、與其時士人普遍經驗的關聯。我當然知道，將最初激動了我的言論材料編織成《說「戾氣」》、《明清之際士人之死及有關死的話題》（分別發表於《中國文化》與《學人》，即本書第一章的第一、二節），決非事出偶然。更可能是，我的尚未分明的思考，被所遭遇的材料啟動並明晰化了。

有關「戾氣」的話題吸引了我的，首先不是那一時代的政治暴虐（這類描述是如此刺激，你在丁易關於「明代的特務政治」的著作中已領略過了），而是有關明代政治暴虐的「士」的批評角度，由此彰顯的士的自我反省的能力，他們關於政治暴虐的人性後果、士的精神斫喪的追究，對普遍精神疾患的診斷，以及由此表達的對「理想人格」的嚮往。而易代之際被認為至為重大的節義問題（也即生死問題），令我關注的，則是怎樣的歷史情境與言論氛圍，使得「死」成為「應當」甚至「必須」的，也即使得某種道德律令生效的條件。「用獨」是王夫之的說法。藉此題目，我試圖清理其時士大夫與反清活動有關的經驗描述；之所以大量引述王夫之，是因為王夫之的反省更具深度與力度，他以哲人與詩人的優異稟賦，將士當其時選擇的困境與精神痛苦，表達得淋漓盡致。

「南北」作為話題，古老而常新。我在這裏所關心的，是這一話題在明清之際特殊時段的展開，其時士人借諸這話題想說些什麼，以及怎樣說。使我的有關論題得以成立的，首先是明代政治史上與地域有關的材料，包括展開在朝堂上的南北論；吸引了我的，還有易代之際士人尤其「學人」對「播遷」的態度，播遷中主動的文化選擇，地域認同。「世族」與「流品」在明清之際的語境中，是兩個相關的話題。我的興趣在於世族的衰落之為歷史過程對士人存在狀態的影響，士人保存其文化品性的努力。由更長的時段看，作為上述話題的背景的，是發生在漫長時期的「貴族文化」衰落、士的「平民化」的過程。士人對此的反應與對策，是值得考察的。至於「流品」這一概念的陌生化，在我看來，除了因於世族的衰落外，也應與知識者自我意識的削弱、士群體自我認識能力的蛻化有關。

「建文遜國」是有明「國初史」的一大公案。「易代」這一特殊背景複雜化了有關談論的性質。我的興趣在透露於士人的有關談論的情感態度——對「故明」，對明代人主，以及士人的命運之感。我試圖揭示的，是「建文遜國」這一發生於有明國初的事件，在二百餘年間對士人心理的深刻影響，易代之際士人經由這一話題對明代歷史的批判。

討論上述話題，你不能不對那些話題賴以展開的言論環境發生興趣。參與構成其時的言論場的，就有士人關於「言論」的言論。這無疑是一種悖論式的情境，所謂自身纏繞。士所表達的對言論的功能理解，直接關乎士的自我角色期待，他們的自我定位。你會發現，那種功能理解與角色意識，在你並不陌生。明清之際士人對其時代的言論行為的批評，也正在他們參與構成的言論環境中展開，甚至他們批評的態度、方式，也須由其時的言論條件來解釋。梳理這類言論，我的著重處仍在與明代政治關係密切的方面：「言路」與「清議」，即言官之於朝廷政治，言官政治對士人言論方式、態度的影響；清議在明代政治生活中。為了對有關現象作出解釋，我嘗試過對明代「言路」的制度考察，卻因缺乏細密考辨的能力，不得不部分地放棄了預定目標，而滿足於一般性的陳述。「模糊影響」，或也是人文研究中常見的弊病。在這一論題中尚未及展開的，還有制義、策論以及章奏之為文體，對士人言論方式、議政方式的影響。儘管難以付諸論證，我仍然認為這一角度對於我的論題是不可缺少的。

在處理言論材料時，我力圖復現那個「眾聲喧嘩」的言論場，而非將其呈現為組織嚴密秩序井然的「公共論壇」。當然我也只能近似地做到這一點。即使像是沒有明確的理論預設，當我搜集材料並將其整理排列時，仍然依照了一定的「秩序」。我所能做的，是盡可能保存相互牴牾的議論、陳述，因為我相信這將有利於發現，甚至有助於澄清。我的難題始終在理論工具的匱乏，這裏有一代人文研究者難以克服的局限。也因此，我甚至不能實現我已隱隱「看到」的可能性。在寫給友人的信中，我說，我其實很清楚，因為不懂得語言哲學，不懂得符號學、敘事學等等，閱讀中不可避免的浪費。我很清楚，如若工具適用，一定能由文獻中讀出更多的東西。

我將繼續「話題」的研究——明清之際士人的「君主論」，他們的「井田、封建論」，以及「文質論」、「異端論」等等。較之已納入本書上編諸題，這無疑是一些更傳統也更與儒學相關的話題，需要更耐心謹慎地對待。事實上，上述研究已在進行中，在搜集材料的過程中。不但諸多課題幾乎同時進行，而且彼此衍生。因此隨時處在饑渴狀態，感到知識的匱乏，佔有材料的不足，尤其是有關話題之為「史」的材料，那一話題下言論的積纍。我深深體驗到學養的不足，缺憾的無可彌補。

至於選擇明遺民作為課題，也同樣並非出於對這一現象的重要性的估量，而是因了涉足這一時期不久，我就被「人物」——顧炎武、黃宗羲、王夫之、傅山、方以智、陳確、魏禧等等——所吸引。「遺民」出自士人刻意的自我塑造，自覺的姿態設計。「遺民」須憑藉一系列方式（記號）而自我確認，而為人所辨識。但在具體的研究中，我不想過分地強調遺民的特殊性，而更關心其作為「士」的一般品性。遺民不過是一種特殊歷史機緣中的士。「遺民」是士與當世的一種關係形式，歷史變動中士自我認同的形式。士對「歷史非常態」的反應，往往基於士的普遍生存境遇與生存策略。上述認識使我一開始就嘗試給有關「明遺民」的描述一個較為開闊的背景，儘管我在這裏同樣遇到瞭解釋框架的限制。

困難自然還在知識準備的不足。余英時《方以智晚節考·增訂版自序》說：「唯余考密之晚節尚別有一重困難而為通常考證之所無者，即隱語系統之破解是已。以隱語傳心曲，其風莫盛於明末清初。蓋易代之際極多可歌可泣之事，勝國遺民既不忍隱沒其實，又不敢直道其事，方中履所謂『諱忌而不敢語，語焉而不敢詳』者，是也。」「顧亭林在諸遺老中最為直筆，顧其詩中以韻目代字者亦往往而有。故考證遺民事蹟者非破解隱語不為功。」而這一項工作在我，不過略及其淺層，限於學力，今後也未必能深入，因而決不敢自信讀遺民真得了正解，何況遺民文字漫漶湮滅，更何況「文字」或適足以障蔽了所謂的「真實」呢！但我對於傳統的考據之為方法，也並非無所保留。在本書的「餘論」部分，我談到了「以詩證史」的限度問題。在我看來，某些以引證豐贍而令人傾倒的考據之作，所證明的除著者的博學外，無寧說更是想像力、人事洞察力，以至「文學才能」；那些密集的材料所提供的，最終仍不過是諸種可能中的一種——即使其作為推測極富啟發性。出於同樣的考慮，我對自己本書中的推測、判斷，也往往心存遊移，對此你可以由本書的文字中讀出。由此我想到了對於歷史生活、事件，可以經由文字復原的程度；想到為了保持某種解釋的「開放性」，宜於採取的敘事態度。

我很清楚，關於明遺民，我所涉及的只是極有限的方面。友人談到明遺民的主張為新朝所吸納、成為其制度建構的資源，他們的思想著作構成清初主流文化、他們本人在這過程中實現認同的過程——這無疑是明遺民命運中尤具戲劇性、諷刺性的方面，也是我的研究中尚待深入的方面。由有清一代看去，明清之際的士人（尤其明遺民）對明代的政治批判，其涵義是複雜的，即如有關「言路」的批評，有關「黨爭」的批評，有關講學、黨社的批評，等等。但我也注意到，在其時所有較為重大的論題上，都有不同的議論；在看似一致的言論背後，也往往有前提、邏輯的參差。我所能夠做的，或許仍然是呈現眾聲喧嘩的言論場，並對言論背後的「動機」提供某種解釋。至於本書描述處明清之際的遺民族群，置重心於其與故國（明代）的聯繫，也因我關於清代更少知識積累；而論證明遺民思想於有清一代制度的意義，須有明清兩代制度的比較研究為依據。但即此你也可以相信，明遺民作為現象，還有相當大的研究餘地。

在本書之後，我將以某些群體（如劉宗周及其門下，如江西易堂）為專題，繼續對明清之際士人、對明遺民的研究。我也將進行與明末「士風」有關的研究（同時注意到這種研究的風險與限度），以便使本書中尚未深入的方面，得以在另一場合展開。

有學界前輩說到我的研究的意義，或許在將大量材料依我選擇的題目整理了，給後續的有關研究提供了基礎。當然，材料的揀取仍然受制於理論背景、工具。我對材料的整理的特別之處，無寧說在閱讀的範圍。我主要是由文集中取材的，而這一部分文獻往往被史家與文學研究者擱置或捨棄。閱讀文集是一種漫遊，由一個人到另一個人，到某一群體；在漫遊中傾聽彼時士人間的切切私語（經由書劄），侃侃談論（比如在史論中），甚至他們之間的詆訶、謾罵。對於人事的敏感（因而對文集的興趣），不消說是在文學研究中養成的。

當然如上所說，我提供的決非無統屬的材料，因而在排列材料時，不可避免地將我的眼光、視野的邊界呈現了。而且為我所利用的文字材料極其有限，我尚未及作更廣泛的涉獵，比如對於詩詞歌賦，以及小說戲劇等等。這裏也有學養、精力的限制，甚至不得已的取巧：文集中的文字作為表達的直接性、明確性，以及書劄一類文字的某種「私人性」，便於我的利用。我當然知道，為我暫時擱置的那一部分文字，對於我的目的至少是同等重要的，問題在於如何利用。我對自己解讀古詩賦的能力心存疑慮，尤其穿透「形式層面」的能力。

同時我也發現，即使個人文集，甚至其中更「私人性」的文體如書劄，也受制於那一時期的敘述方式、趣味——這在明清之際以至有清一代有關「忠義」、遺民的記述中尤為顯明。你隨處可感傳統史法、正史書法對敘事的規範。我在本書第三章有關「建文遜國」的史述分析中，已說到了這一點。道德化，對精神事件的偏重，對生活的物質層面的漠視或規避（其後果包括了有關記載的闕略、統計材料的匱乏），都限制著對歷史的「復原」，「生活」在文體、時尚的剪裁下，已不但支離而且單一化了。而「由史所不書處讀史」，有時不能不近於空談。我自然明白困擾了我的決非新問題，我只不過親歷了久已存在的困境罷了。

我的工作或許位於「思想史」研究的邊緣上。在尋繹研究對象的思想史的意義時，我不免想到是否正是「思想史」（有時即=「理學史」）的既定格局，限制了對思想的整理，使得大量生動的思想材料因無從納入其狹窄的框架，而不能獲取應有的「意義」。引起我興趣的，通常更是一些像是未經系統化的思想材料，甚至為一般思想史棄而不用的材料。我相信「思想史」並非僅由那些已被公認的主題構成。或也由於文學研究中的積習，我力圖把握「人與思想」的聯結，在生動的「人的世界」尋繹「思想」之為過程。無論這樣做有怎樣的困難，我都認為其不失為值得致力的目標。

我自知嚴格的思想史的方法（是否有此「方法」？），對於我並不適宜。我在面對「明清之際」時，仍然是文學研究者。我曾力圖擺脫那個角色，但後來半是無奈半是欣慰地發現，已有的學術經歷與訓練，正是我進入新的領域的鑰匙。對於「人」的興趣，始終是我作上述課題的動力：那一時期士人的心態，他們的諸種精神體驗，以至我所涉及的人物的性情，由這些極具體的人交織而成的那一時期複雜的關係網絡。即使對事件的研究，吸引了我的往往也是心理的方面，儘管我並非有意於「心態史」。一家刊物在有關我的論文的編輯說明中，說到「史料與體驗的結合」，這種說法並不使我感到鼓舞。「體驗」在歷史研究中似不具有方法論的意義。但「體驗」或許確實是我暗中所憑藉的。正是體驗支持了「直覺」，並為論說勾劃了方向，甚至潛在地確定了論說的態度。「體驗」將我與研究對象的聯繫個人化且內在化了。

我還應當說，我所選擇的時段以其豐富性，擴大了我有關「歷史」的概念。在研究中我對歷史生活的日常的方面，有日益增長的興趣。「鼎革」這一事件對於日常生活層面的影響，還遠沒有被描述出來。復現朝代更迭中廣闊的社會生活圖景，無疑是繁難而誘人的課題。閱讀中我往往會被某些細節所吸引。比如見諸士人文集的有關賑災的記述，在我看來，就可供作專題研究——不但據以研究災變，而且藉此考察暴露在災變中的社會財富分配及社會各層的生活狀況，考察士人借諸賑災的民間政治的展開，士的民間組織與官方機構的關係，以至賑災的技術性方面，從事賑濟者的具體操作。

令人興奮的是，明清之際歷史生活的豐富性，其思想史意義，在被不斷發掘出來。近期《學人》所刊王汎森先生關於明末修身之學對清末民初知識界的影響的分析（《中國近代思想中的傳統因素》，《學人》第 12 輯，江蘇文藝出版社，一九九七），就引起了我極大的興趣。該文所談到的劉宗周的《人譜》，也屬於我正待研究的課題。

在近幾年所作學術回顧中，我曾說到對當初不得已的選擇學術心懷感激；說到這種選擇正是在作為「命運」的意義上，強制性地安排了我此後的人生；寫到了那種「像是『生活在』專業中」的感覺，也寫到了「認同」所構成的限制。我以為，學術有可能是一種積極的生活方式：經由學術讀解世界，同時經由學術而自我完善。對於我更重要的或許是，學術有可能提供「反思」賴以進行的空間。人文學科因以「人」及其「關係」作為對象，所提供的一種可能，就是研究者經由學術過程不斷加深對自己的認識。即如我上面所說到的諸種缺陷，倘若沒有一定的反省條件，有可能永遠不被察覺。我不便因此而宣稱我的研究是所謂「為己之學」，但自我完善之為目的，確實使我並不需要為「耐得寂寞」而用力。我曾說到過「無人喝彩，從不影響我的興致」。

學術作為生活方式自有它的意境。在研究中我曾一再地被對象所激動。激動了我的，甚至有理學家那種基於學理的對於「人」的感情。我經由我所選擇的題目，感受明清之際士人的人格、思想的魅力；在將那些人物逐一讀解、并試圖把握其各自的邏輯時，不斷豐富著對於「人」的理解。作為艱苦的研究的補償的，是上述由對象的思想以及文字引起的興奮與滿足。如顧炎武表達的洗練，如錢謙益、吳偉業、陳維崧式的生動，如王夫之議論的犀利警策。更令人陶醉的，還是那種你逐漸「進入」、「深入」的感覺。在這過程中甚至枯燥的「義理」，也會在你的感覺中生動起來。

儘管因素乏捷才，不能不孜孜矻矻、一點一滴地積纍，這份研究工作仍然不總是枯燥乏味的。治學作為艱苦的勞動，從來有其補償。清代樸學大師梅文鼎（定九）自說其治學狀態，曰：「鄙性於書之難讀者，不敢輒置，必欲求得其說，往往至廢寢食。或累日夕不能通，格於他端中輟，然終耿耿不能忘。異日或讀他書，忽有所獲，則亟存諸副墨。又或於籃輿之上，枕簟之間，篷窗之下，登眺之餘，無意中砉然有觸，而積疑冰釋：蓋非可以歲月程也。每翻舊書，輒逢舊境，遇所獨解，未嘗不欣欣自慰。然精神歲月，消磨幾許——又黯然自傷。」（《績學堂文鈔》卷一《與史局友人書》）我想我熟悉類似的緊張與興奮，緊張中生命的飽滿之感，以及那種生命消耗中的猶疑與「自傷」。梅氏又說：「往往積思所通，有數十年之疑。無復書卷可證，亦無友朋可問。而忽觸他端，渙然冰釋，亦且連類旁通，或乘夜秉燭，亟起書之。或一旦枕上之所得，而累數日書之不盡，引申不已，遂更時日。」（同卷《復沈超遠書》）誰說「學術生涯」沒有其特殊的詩意呢！

在本書完成之時，我感謝鼓勵和幫助了我的友人，尤其平原、曉虹夫婦；感謝為我的有關研究提供了發表機會的刊物，《中國文化》、《學人》、《傳統文化與現代化》、《上海文化》、《文學遺產》、《中國文化研究》、《社會科學陣線》等。由現當代文學研究到目下進行的研究，我始終得到師友、同行與出版界的鼓勵。我不能不一再重複地說，我是幸運的。

一九九八年五月

《易堂尋蹤》後記

正在為那本《明清之際士大夫研究》撰寫「續編」，江西教育出版社的劉景琳先生來約一本「文化尋蹤」性質的小書。我想到了明清之際贛南的易堂。「續編」中將有一組以易堂為分析材料的論文，寫作時曾為不得不捨棄一些生動的材料而惋惜。倘若沒有此次稿約，也就一任其被捨棄，這時卻有畫面由記憶中浮出，一群三百年前的知識人，似乎隔著一大塊時空在向我呼喚。

不必諱言在長時間的「論說」之後，「敘述」對於我的吸引。「易堂」在我，是可供敘述的材料。或許只是為了敘述，只是不忍捨棄敘述，才終於想到寫這一本小書的。我也依然在尋求挑戰，包括尋找文體、筆調，尋找別種表述的可能性。隨筆這種較為自由的文體，自然有助於緩解「做學術」的緊張，將被學術文體篩除的零碎印象、感觸，搜羅拾掇起來。至於一再寫到易堂，並非出於「價值」方面的估量。我確也不認為這一群體有何等重要；我的意圖不過在藉此個例，打開某些被忽略的視域，使「明清之際士大夫」的豐富性得以展現而已。

有明一代，江右曾經是王學重鎮。贛州雖與泰州學派一度活躍的吉安相鄰，魏禧、彭士望對王陽明也備極傾倒，卻與王氏發起的思想運動以及上述思想派別沒有多少關係，與江右王學中人所從事的社區改良活動也無關。他們不在那一傳統中。因而本書所敘述的群體不但不具備思想史的、也不具備社會史的重要性。寫這題目，我的興趣仍然在「人」，在特定環境中人的生存方式與人生選擇，在那一時期士人的所謂「心路歷程」。易堂吸引了我的，無寧說是其表述，尤其其中人物的自我刻繪與彼此狀寫。我曾由易堂諸子的文集中讀「言論」，這回則是讀「性情」、讀「行蹤」、讀人與人的關係。這一班士人的文集中，確也保存了較為豐富的可據以想像其人的材料。

憑藉了寫作本書這一機緣，我得知了出於特定目的的閱讀會有何種取捨，在通常的論文、論著寫作中，我所捨棄的是什麼。由此又不免想到「學術方式」的代價——即如有妨於面對生動的「感性」、「個人」、「日常」，豐富的差異、多樣。

既取敘述而略論說（只是簡略，而非省略），對於文字材料的選擇自與論著不同；又因係「尋蹤」，對「時間」、「方位」不能不有一份敏感——後者更是我平素閱讀中一向忽視的。當著藉重了「時間線索」給予敘述的便利，卻又想到，對於「時間」作為標記的依賴，是否也將過程簡化、因果化了？那些「線索」似乎本不應當如此清晰，以至由三百年後的今天看過去，人物的人生軌跡歷歷分明。

我自然明白，收入其時士人文集的，多半屬於準備日後公諸於世的文字，包括書劄，「私人性」不能不大打折扣。那些敘述是在既有的文體規範，以至流行的言述方式、語言策略中生成的。我寫作本書所憑藉的文集，有一些在著者生前即已出版發行，有極其自覺的閱讀期待。你因而難以窺入更日常的空間。你被阻擋在了那些精心修飾過的文字之外，阻擋在了嫺熟的文體技巧之外。我自然還想到，不止文體規範、言述策略，而且流傳中的遺落、刊削，都預先決定著我的尋訪所能抵達的邊界。即使如此，我也仍然認為，明清之際士人文集中大量的自傳性材料，是值得珍視的資源，其中有「正史書法」所摒棄的豐富的「人性內容」。而大量的遺民詩，是遺民研究的重要材料，其中甚至保存有可供考察其時士人物質境遇的豐富材料。所有這些資源都有待於開發。

近年來創作界流行「用腳步寫作」，據說那方式是「空著腦袋大膽上路，邊走邊寫互動傳播」(《中華讀書報》二〇〇〇年七月十二日)。江西教育出版社這套叢書的設計，未必不因於時尚，儘管「文化尋蹤」，本有此一體。

我的故事並不非憑藉了贛南之行才能展開。那些情節在我翻閱一函函的文集時，就已由故紙中浮出，因而出發前不能不對「尋蹤」心存疑慮。對於這一種研究，「實地」並不較之文獻重要。我的人物在他們自己的述說中已足夠生動，無須向地面上為他們曾經存在過尋求證據。「實地」固然會提供意境，卻也可能另有其破壞性——朦朧空靈的想像一旦著陸，難免要風化剝落的吧。此外我也不以為能在那裏找到什麼，很可能一切遺跡都已蕩然無存。我甚至以為有必要追問被我們指為「蹤跡」的是一些什麼，它們何以被認定為「蹤跡」。我對自己說，我所能做的，只是盡可能地憑藉文字材料構建意境，而不是復原「歷史」。即使真有遺跡在，我所能面對的，仍然更是「敘述」而非「事實」。但我仍然上路了。

事後看來，走這一趟仍有必要。我需要一點顏色，一種氣味，使「推想」有所附麗。我也希望我的文字能多少浸染一點其地山水林木的氣息。而實地踏訪，以及踏訪後的繼續詢問，也校正了我的某些臆度。在這一點上，贛南的經歷在我個人，更像是往返於文字與「實地」間的校訂。走在贛南，我甚至問過自己，倘若能重新來過，是否有可能做別一種方式的研究？我當然也想到了這種尋訪的得失利弊。前期準備已打造了部分意境，事先的文獻閱讀形成了明確的期待，因而幾乎無法避免有意無意地排除、剪裁、組裝。

由此也想到了所謂的「行走文學」。那情況似乎只能是，已有的蘊蓄借諸「行走」這一情境獲取表達形式，否則「暴走」一族應當是理想的作者。當然，「行走」之為情境絕非無關緊要，其間應當有行走者與環境間的互動，有激發、觸發，也有壓抑與折磨。不能深切地感受苦難的，也不大可能因「行走」而文學。

本書所寫到的人物，陳恭尹較之魏禧或更負才名，而梁份則更為學術史家所看重。魏禧、彭士望、林時益們，絕不是一些足以成為「熱點」的人物，重提他們，也非意在召喚亡靈、起死回生。梁啟超《中國近三百年學術史》關於易堂九子，說，「他們的學風，亦砥礪廉節、講求世務為主，人格都很高潔……但他們專以文辭為重，頗有如顏習齋所謂『考纂經濟總不出紙墨見解』者。他們的文章也帶許多帖括氣，最著名的《魏叔子集》，討厭的地方便很多。即以文論，品格比《潛書》、《繹志》差得遠了。」這是近代治學術史者的評價，與魏禧同時之人所見已大為不同。

我因而想到了遺忘，曾經煊赫一時的名字的被遺忘，以及這遺忘是怎樣發生的。即如魏叔子的被淡忘，多少也應因了不能納入形成於日後的學科框架，不在某種思想、理論脈絡中。但對叔子，的確是「淡忘」而非「遺忘」，這個人物還在他的文論中活著——近人編選清代文論，三魏及邱維屏有多篇入選（《清代文論選》，人民文學出版社，一九九九）——儘管可能有一天，也被由這一領域中刪除。

這種遺忘非但正常，而且必要，否則人類的記憶將不勝負荷。我想告訴讀者的是，那些消失在了時間中、被由諸種文本刪除的人物，曾經有過何等鮮活的生命，他們很可能如我本書中的人物，有聲有色地、詩意地活在各自的時代中。即使這些人物終將隱沒在歲月的更深處，我的講述仍然有可能豐富了、複雜化了人們對於那段歷史生活的瞭解。這是否就是我寫作本書的意義？

最初為本書所擬書名，是「危機時刻的友情」。「危機時刻」取自子平關於我那本《明清之際士大夫研究》的書評。這本小書所寫，的確是一個發生於「危機時刻」、至少要部分地由「危機」來解釋的故事。易堂故事最初吸引了我的，確也在倫理方面，朋友，兄弟，師弟子，以至夫妻。尤其朋友。為此我盡可能逼近地「觀看」他們曾經有過的生活，儘管他們所營造的意境算不得深邃。

對於明清之際，我的興趣始終在士大夫的處境與命運，包括展開在上述倫理關係、日常情境中的命運。寫作本書時，又流覽了任道斌先生的《方以智年譜》，再次被其人的豐富性所吸引。明中葉以後，士人對當代士風之惡濁，批評不遺餘力，我由明代及明清之際的士人那裏，卻常能遭遇極清明純淨之境，赤子般的真摯與熱誠。易堂諸子涉世均不夠深，應當屬於王國維所謂「閱世愈淺，則性情愈真」（《人間詞話》）的一類，是天性的詩人，儘管不以詩名。我想，光明峻偉的人格，任何時候都會令人神旺的吧。至於某個人物的魅力，自然會銷蝕在時間中，但它們畢竟以其短暫的存在照亮過他人，即令細微如爝火，也是美麗的。易堂諸子孜孜於「求友」，以他人豐富自己的人生，我則經由學術「讀人」，也以關於人的瞭解豐富了我的生活。在寫作了本書後，易堂諸子在我，已非漠不相關的異代人，他們由故紙中走出，徑直走入了我的世界。

我已經說過，寫作本書的部分動機，在尋找文體，有可能使我在不同時空信意地穿行的文體；在久為學術文體拘限之後，體驗較為自由的書寫。而在事實上，我只是極有限地做到了這一點，並不曾由既成範式中成功地突圍。「自由」也是一種能力，你並不就能現成地擁有。

本書附錄的魏禧、彭士望的兩記，或許能引起踏勘的興趣。彭氏的《翠微峰易堂記》，實在可以讀作一篇導遊文字。至於我的贛南之行，難忘的是寧都的山，沿途的江，大樟樹，以及所遇到的文化人，在寂寞中從事文化保存的知識者。這些文化人對於鄉邦文獻的珍重，應當使京、滬等處的同行慚愧的吧。我不知道倘若沒有那些我所要尋訪的人，那些行旅中的邂逅，贛南是否還會如此令我動心。為了此書，我應當感謝江西教育出版社的周榕芳先生，與我一道踏訪的劉景琳先生、劉慧華女士，感謝寧都縣志辦公室的李曉明先生、縣採茶劇團的鄧文欽先生，贛州市地方志辦公室的張聲濂先生，南豐縣文聯的曾志鞏先生，贛南師院的賴倫海先生，大余縣副縣長萬家榕先生，感謝贛州、大余、瑞金、寧都、南豐、撫州新華書店。我還要感謝對我提供了幫助的戴燕女士。

希望這本小書能使你得益。

二〇〇一年七月

《艱難的選擇》新版後記

這應當算作寫在我的學術研究起點上的書。一九八六年這本書初版不久，我即寫了《關於〈艱難的選擇〉的再思考》，發表在《文學評論》上。在這之後，本應「再再思考」、「再再再思考」地做下去的，我卻轉到了另外的題目上。自我批判可以多種形式展開，放棄也是一種可能的批判。事實是，問世未久，這部確曾令我「嘔心瀝血」的書已使我感到陌生。我甚至不大好意思說出它那包含哲學暗示的書名；當著必須提到時，寧用「我的第一本書」一類模糊的說法。但這並非意味著我距那起點已多麼遙遠。其實我始終在最初選擇的方向上，並以不同的方式返回或回顧那些問題，只是寫作狀態、態度無可避免地變更了。「不可重複」並非隨時可以現成地用作價值指標，幼稚荒謬也可能不可重複。因此當我在這裏說那一研究在我已不可重複時，我只是說引起了寫作本書的願望的某些條件，已不復存在，我已離開了產出此書的那個時期——後「文革」時期，激情的八十年代。

關於當時那不但推動了我，而且鼓勵了一批人在相近方向上的探索的社會文化氛圍，與普遍的知識狀況，錢理群為本書撰寫的《前言》中已有說明。我在任何時候都樂於承認，八十年代中國現代文學研究界的活躍氣氛，同代人研究、思考中的相互激發，是一種美好的經驗。在這一代人，或也是只能一次的經驗。這與「文革」後思想界的氛圍有關，也多少繫於一代研究者經歷的某種共同性。包括這本書在內的一批學術著作的印數，則足以為其時「學術升值」及「出版過熱」，提供一份證明。一些年後，我甚至在異國他鄉，也遇到過這書的讀者（或購買者），聽別人提起這本書，在座談會的參加者手中看到過它。我當然明白，這在我，也將是僅有一次的經歷。上述情形與其說因於這本書的品質，無寧說更與它出版的時機、與它加入的「潮流」有關。也因此無論我如何對其新版懷著慚愧，仍然承認它已屬於歷史，擁有了另一份價值。新版之際除對注釋作了修訂，及刪除了一些濫用的引號外，大致一仍舊觀，也因它已屬於歷史。

這本書之後，我在對於作家的個案研究中，在對「知識者與鄉村的關係」的專題研究中，以至在對「明清之際士大夫」的研究中，繼續著有關知識分子問題的思考——我的意思當然不是說我認為前近代的「士」就是「知識分子」，我只是說當我研究明清之際的士的時候，憑藉了知識分子研究的已有視野，並將對有關問題的思考借諸另一時段擴展了。

這個臨近世紀末的春天，空氣乾燥而渾濁，充斥著成分不明的懸浮物。回頭看去，十幾年前的那片舊風景，竟單純明朗得教人吃驚。這期間學術論壇上角色更迭，潮流變換。在與六七十年代及九十年代的雙重對照中讀解八十年代，難免讓人心情複雜。「八十年代」或將繼續作為學術一文化史上聚訟紛紜的題目。這一時「六十年代人」正成為熱點話題，有關的討論中我所屬的「代」被認為代徵分明。但八九十年代社會環境、文化語境的戲劇性變更，也使我體驗到了自我界定的困難。或許正因被「學術」強化了的自覺，這段歷史刻印之深，或已超過了前此的那些事件。這書與同時期的一批出版物，也可以作為見證這一特殊時期的文本的吧。

這些混雜著懷舊的議論，對於說明本書也許沒有多少意義。我承認我還沒有為一次徹底的自我批判做好準備。或許我應當更有勇氣，承認進行這種批判已非我所能勝任，比如質疑當年所擬問題、提出問題的方式，質疑據以提問的那些被認為不言自明的前提，以至全面審查當時使用的概念工具（由「必然」、「完整性」、「統一」到「真實」，等等）。反思還有必要在另一方向上進行，即清理發生於八十年代至九十年代之交的精神事件，審查在這期間我們的自我否定及其根據。上文提到了放棄。放棄也可能根源於精神的蛻變。我們實在應當回過頭來，看在這十幾年間，我們都放棄了些什麼。

一九九八年五月

《北京：城與人》新版後記

寫這本書，在我，多少出於偶然，是所謂「計劃外專案」。儘管我的寫作通常並無嚴格的設計，但大致的方向總還是有的，比如「知識分子研究」之類。《城與人》的選題不消說發端於關於老舍的碩士論文。但如若不是後來讀到了幾篇令我感興味的當代作品，不大會有機會再返回老舍。這也證明了我的研究、寫作對於對象的依賴程度——我從來不是滿儲了思想，隨時準備傾瀉而出；我是必得為對象所觸發，才有話可說的。友人在關於《窗下》的評論中，說到「趙園的思想常常是在與歷史的舊跡碰撞的那一瞬間噴射而出的」，無論能否「噴射」，「碰撞」是絕對必須的。寫散文如是，作學術也如是。十餘年後回頭來讀《城與人》，那筆調竟令我暗自詫異。我由此也體驗著人的生命過程的不可逆。某種寫作狀態、筆墨運用，竟也不可重複，似乎是只能一次的經歷。在這種意義上，也應當對那對象，對與那對象的遇合懷了感激——這番遇合畢竟豐富了我的人生。

這本書雖用了如「北京文化」這樣的大題目，其實更是研究小說的書，因而並未花大氣力於文獻的搜集、梳理——僅此就已足以使之遠離嚴格意義上的「學術」。《明清之際士大夫研究》出版後，有評介文字說那本書是我的「第一本稱得上是嚴格意義的」學術作品，我傾向於認可這說法，儘管也明白為此有必要追問什麼是「學術」。至於北京，此後雖購置了一些有關的書，至今仍閣在書櫥裏。回頭來看，未下足夠的文獻功夫即侈談如此大的題目，像是也勇氣可嘉，稍遲幾年就決不至於如此孟浪；即使做類似的題目，也決不會做成這樣子。

事實是，在這本書之後，關於「北京文化」，始終難以「接著說」。寫過幾個片段，終於片段而已——又證明了寫作此書在我之為偶然。

《城與人》出版後，曾有讀者寫了信來，問到何以未論及王朔。我回答說，這本書寫在一九八八年之前，當時王朔尚未成為引人注目的對象。原因當然不止於此。也如不能將研究對象由「知青文學」推展到「後知青文學」，論「京味」而到鄧友梅、汪曾祺等人止，也因了限度，經驗及能力的限度。如鄧友梅、汪曾祺的那一種「京味小說」，此後像是並未再度興盛以至蔚為大觀；我所論到的作者，有些已被讀書界遺忘。這本書中的預言、期待，很有些是落了空的。所幸「風格」所附麗的「文化」尚在，因而書中的某些分析，或許還有它的意義。

在我寫的幾本書中，此書的命運是略具一點戲劇性的。書稿一九八八年完成，曾經平原兄審讀。交到出版社後，因一九八九年而一度擱置，到一九九一年面世時，所論「風格現象」已成明日黃花。不料在此後的地域文化熱中，竟又被人揀出，與其它幾種關於北京的書排在了一起。其中差不多一章的篇幅，還被收進了一本題作「南人與北人」的書裏。在《艱難的選擇》之後，這或是我的書裏最為人所知的一本，我也因而有了出席某種關於北京城市建設的會議的榮幸，儼然具備了關於這城的發言資格——卻是寫書的當時逆料未及的。

北京大學出版社準備重印此書，我自然是感激的。前兩年編《自選集》時就發現，我的幾種關於文學的研究中，《城與人》是較能經得住時間的一本。當著動手來校訂時，卻仍忍不住做了一點局部的刪改，而未能如原來所設想的那樣一仍舊觀。這是要向讀者諸君說明的。而校訂時不得不花費了一些時間在注釋上，也證明了當初寫作時的粗疏。自己重讀時最覺不適的，是「城與文學」一章中那種對「城市化」的樂觀。我也正由這種不適而觸摸歲月，察知自己身上時間的留痕。這畢竟是一本寫於八十年代的書。但書中的膚淺之處卻又不便一股腦地歸因於時代。事實是，對象（五四新文學，京味小說）本身已包含了別一文化眼光與尺度，而書稿完成時臨近八十年代末，問題的複雜性正在漸次呈現出來。

到現在我也仍住在這城裏，多半會繼續住下去的吧，卻已漸失了寫作此書時對這城的敏感。用了這書中的思路，人由居住而沉思；到了僅僅居住，即可能已為居住地所消化。有時真的想到，在這城裏浸泡太久，或許確已失去了適應別的城別種生活的能力。這是否也是一種代價？

一九九九年十一月

提供那一時代士大夫的心史

《明清之際士大夫研究》年初出版後，據說銷得還好，這在我自然是好消息。這些年有種莫名其妙的心理，借了師陀的說法，怕自己的書待在書店的架子上「看人」。我猜想這「銷得還好」或許因了某些讀者的好奇——他們想知道一個文學研究者在這種題目下能寫出些什麼東西。當然他們將書打開之後就會有上當之感，因為它確實令人難以卒讀。關於這本書我聽了一些好話，那些好話通常附加有如下說明，即「抱歉未能讀完全書」。也有人奇怪何以遲遲未見書評，我想那多半因了它的非驢非馬，既非文學又非史學的吧。

至於現在看起來章節井然的研究，在其進行的大部分時間裏，其實是未經明確設計的。情況倒像是，我依照自己的興趣與訓練而與對象相遇，依照我所能運用的方式整理與勾畫其輪廓。當然事實並不這樣簡單。原有的學科分類、知識種類的劃分，勢必悄悄地參與了整個過程。但那種介於專業與非專業之間的不明確的位置，仍然給了我一定的自由度，使我至少看起來像是用自己的方式面對「明清之際」這一時段的。我想繼續利用這種歸屬不明、性質模糊的研究狀況所帶給我的便利。最近北大中文系成立了「20 世紀中國文化研究中心」，「文化」這名目大約就適於接納如我所作的這一種研究。「文化」在我們這裏一直缺乏明確的界定，或也正因邊界模糊而方便了學科的交叉、融合，甚至也有利於知識重構與學科重建。總要有一片（即使是虛擬的）空曠地帶，以便不同的學科交頭接耳，使某種「邊緣寫作」有可安頓。

有朋友說到我所使用的「話題」這概念使他有親切之感，覺得比較「中國」。在一些概念、用語時尚化之後，啟用某些老詞，確實會令人有新鮮之感。其實在我，作話題研究也非出諸預先的設計。事後想來，將材料作為「言論」、依「話題」梳理，固然與文學研究中形成的習慣有關，或許也因於對澄清「史實」、復原「歷史」的可能性的某種懷疑。當然我有關「言論」的理解及具體處理並非沒有問題。文集中的史論、政論固可稱「言論」，那些私人性的文體，如書劄，則只能說是私語，儘管當其納入文集，已減卻了私人性，但那已在私語之後，離開了其言說時的環境。還應當考慮到，由於印刷、發行條件的限制，文集中的「言論」囿於流佈的範圍，與朝堂上的言論，自有效應的差異。而我在「言論研究」中，將其時公開的議論及私語以至自語（如其人生前未經發表的札記之類），統統作為無差別的「言論」搜集與展示了。還應想到的，是「言論」在何種本文中展開，其上下文，具體的語言環境。如若再考慮到文體在形成言論方式（以至態度）方面發生的作用——如「正史書法」對於敘事，時文、策論之於章奏以至士人通常的論政方式——問題自有更為複雜的性質。

至於將「遺民」作為對象，一方面因有關材料的豐富，更因「易代之際」歷史生活的豐富性對於我的吸引；這段歷史生活在一種過於道德化的敘事趣味、研究旨趣下，被大大地刪略了。當然，我的興趣也在借諸「遺民」這一具體對象，研究我一向感興趣的「士」。在那本書的後記中我已說到，在我看來，遺民不過是一種特殊歷史機緣中的士。這句話反過來說也無不通，即士往往是某種意義上的「遺民」。絕無「遺民性」幾不可稱之為士；而「易代」不過將其「遺」的條件、情境具體化罷了。因而我從未考慮過將「遺民」呈現為一系列的「事狀」（儘管有關的傳記材料往往生動，以至聳人聽聞），而是呈現為一系列的生存選擇。我對遺民事蹟敘述的道德化有一份警覺，寧願花更多的氣力於遺民文集，依據遺民本人的言述尋訪其「心跡」。這一方向上的研究完全有可能進一步深入，以提供那一時代士大夫的「心史」。

即使決無可能窮盡這一時期歷史生活的全部豐富性，我仍不願放棄這種努力。我試著由所能想到的各種角度接近對象，以便使其多種面相呈現出來。在清理明清之際士人的「言論」、「話題」時，正是相互衝撞的表述，諸種差異，表述背後「關係」的複雜性吸引著我。我不欲捨棄我由文獻中觸摸到的「感性血肉」，那些與具體的人、人的性情血肉相連的部分；我甚至不願割捨自己閱讀過程中的生動感知，那些個人化的印象，儘管保存這些難免要冒損害「學術性」的代價。我當然也明白這種努力的限度。將「明清之際」階段性地劃出，首先根據的是這一時段在政治史、王朝興替史上的意義。這也屬於我們在歷史課上早已認定了的意義。囿於這樣的眼界，「明清之際」之為時空，其多方面的意義，政治史之外的其它「歷史」，比如經濟史、人們的「日常生活的歷史」，不消說先已落在了研究的視野之外。這又使我對如下問題感到了興趣，即人們關於「明清之際」這一時段的概念、印象是怎樣形成的，即如「節義」這一倫理範疇怎樣成為了詮釋這段歷史的支配性的範疇。

早在這本書完成之前，另一些有關「明清之際」的研究課題已在進行中。這些課題無不要求更廣泛的閱讀，更艱苦的準備。我已不能滿足於仍不免籠統的「話題」，有意作語源、語義、語用的追究，進一步尋繹蘊含在語言形式中的思想線索。有朋友說到那些於今讀來枯燥乏味的理學話語，曾經是與具體的生活實踐、生存經驗，與具體生動的人的感受、想像，與屬於其時的意象等等相連的；應當力求將其還原到具體的歷史情境、語境中。這自然是個太困難的任務，但確實值得作為目標。這種還原當然不能僅僅用理學話語羅列+傳記材料的方式實現，所應致力的，是穿透理學/生活的隔層，尋索它們在某一更深層次上的聯結。這樣的目標其實已在我的能力之外；即使如此，設此目標與無此目標仍然是不同的。

至於本文開頭提到的「難以卒讀」，我猜想有論說形式為閱讀設置的障礙。不必諱言那種形式要求對我的吸引。我的體驗是，「納入規範」也是一種誘惑。我想，每個時代，都只有極少的人，能抗拒這種誘惑。雖然我的寫作像是終不能全然為規範所吸納。戴了鐐銬而不失舞步的優雅自在，一向被認為難能——這裏不排除對鐐銬的習焉而適然，終於培養了一種嗜好，對於被規範所製作失卻了警戒與抵抗。從來有舒適的牢籠，有對牢籠的依賴。當然，並非任何不合規範都意味著「抵抗」，其所意味的也可能是庸下，水平線之下；而且我也仍然認為，沒有規範，就沒有學術。

有家報紙的評介欄將這本書稱作我「最重要的過渡性著作」。如果這「過渡」指還將有一系列後續作品問世的話，我實在不敢對讀者作這種承諾。也如研究中國現代文學，最初憑藉直覺與對象遭遇，到了後來，即是尋找題目，只是為了做下去。你與學術對象間的有些遇合，是不大可能重複出現的；你自己也難以保有某種狀態。當然如上所說，我仍在繼續「明清之際」的研究，而且所擬課題的幾乎每一個都值得以專書討論；甚至還不止於此，如果還有意作「考古學」的追溯的話。它們所提出的無盡要求，置我於不停歇的求索的緊張之中。這種緊張或許正是我蓄意謀求的。對於學術的專注方便了逃避——你總有一些難題需要逃避，那麼逃進學術中不失為一種選擇。但我同時又在做著另一種努力：將「學術」限制在生活的某一範圍，不使它過分地擴張以至覆蓋。我渴望恢復對於生活的感受能力。

在一次關於中國現代文學的學術會議上，會議的組織者為我擬定的發言題目，是「關於跨學科研究的思考」，於是我知道，我這一時期所從事的研究，已被目為「跨學科研究」；我也知道了，打開學科邊界、「跨學科研究」已經成為被普遍關心的話題。較之「跨學科」、知識重構一類大題目，我所關心的，無寧說是怎樣才能在盡可能廣大的空間思考這一更個人的問題，以及怎樣在重重制約中盡可能地解放自己的問題——這也才是我有可能著力的方面。

一九九九年八月

擬答問

《明清之際士大夫研究》出版前，曾有報紙來約訪談，我即將一些零星的想法記錄下來，以備答問。後有另一家報紙來約，即以事先準備了的文字應付。編輯者勉為其難地補上了問題，不免有一點答非所問。因繫事先所擬「答問」，我的那些回答仍然是「獨語」。

「我也發現近幾年來我的學術方向的轉換，引起了一些年輕同行的注意。我在不止一個場合，被人問到同一個問題，即為什麼離開原來的專業。由於我所知道的年輕的研究者對『中國現代文學』專業的興趣日見淡薄，包括我在內的一些研究者的選擇，有可能被認為包含著有關價值的暗示。其實我在前幾年所寫散文中已一再談到，我的原因是很個人的，即我在原有的那塊園地上耕耘已久，感興趣的題目已經做過。說得更坦率一點，那就是我必須在退休之前，為自己找到可以做下去的題目，如此而已。如果不限於我個人，那麼應當說，研究者研究方向、領域的變化，是再自然不過的事。時下正在討論中的，就有既有的學科劃分，使上述劃分合法化的大學體制，『開放社會科學』、開放學科邊界，呼聲已高。人的發展，似乎可以作為思考有關問題的一個維度。人的能力本來不是學科所能限定的。將人的研究活動限定在『學科』、『專業』邊界內，不啻畫地為牢，不利於人的發展。這一點似乎不需要更多的說明。」

「無論從事原來的專業，還是選擇現在的研究方向，在我，都不出於明確的價值計量。更有決定性的，是怎樣的對象吸引了我，以及依據我對自己的瞭解，我有可能做些什麼。『五四』、『中國現代史上的知識分子』確是一個吸引了我的題目，現在對於我仍有吸引力，甚至仍如當年那樣令我激動。『明清之際士大夫』則是另一個吸引了我的題目。在新近面世的《明清之際士大夫研究》的後記中，我對自己已經進行的研究有較為詳細的說明，其中說到我的為知識準備和能力所限，說到此一課題繼續展開的可能性。由已完成的工作看，最不成熟的，是書中有關『遺民學術』的一章。這裏有為成書而遷就『完整性』的要求通常難免的弊病。出版界偏愛『教科書體例』由來已久，論文集因此而被冷落。這種情況對研究或有誤導。孟森留下來的著作就不是所謂『專著』，而是論文集。一次聽趙昌平說到上海古籍出版社準備出一批論文集，覺得內行的眼光畢竟不同。」

「選擇『明清之際』，自然基於對『易代』這一大事件的注重，這裏或許也有傳統史學觀念的影響。在具體進行中，材料卻往往將我的眼光引向另一些方面，如易代過程中生活的連續性（決非隨處在『斷裂』），其間有生活本身的邏輯。可以嘗試由此觸摸『易代』之為事件，其影響所及的邊界——但大事件的意義仍在，其震撼性也決非出於虛構或誇張。」

「有朋友談到我對明清之際時代氛圍的描繪。說實在話，我並未向自己提出這項任務，我甚至不知道是否存在整體性的『時代氛圍』。我多半只是傳達了我的經驗與訓練使我得以感受的氛圍（即如『戾氣』）。那一歷史時代生活的更日常的情景，基層民眾的生活狀態，似乎更有可能保存在小說文本中。至於一些文人即使在鼎革之際也依然故我，我在書中已經談到了。『時代氛圍』或許正浮蕩在極其駁雜的生活情景間——未知是否真有可能付諸描述。」

「這本書出版伊始，就聽到了中肯的批評和建議。舒蕪先生提醒我，他未在參考書目中發現卓爾堪的《明四百家遺民詩》；尹恭弘先生則認為，應在『遺民方式』中補入『著述』一節，因『著述』較之『逃禪』，是更為普遍的遺民生存方式（亦生存策略）。他還說，他注意到明清之際的顧炎武、黄宗羲、王夫之都對李贄持論嚴厲，是否可以認為，李贄的時期有對個性化的鼓勵，明清之際因於時勢，又有對社會性的強調？遠在四川金堂縣國家稅務局工作的張順元先生，也談到對明末清初三大家（顧、黄、王）「痛詆」李贄的不解。有關的現象確如尹恭弘先生所言，宜於置諸明中葉以降士風、儒學風氣的演變，以及明清之際的歷史情境中尋求解釋。這也證明了『明清之際士大夫』不但在與清代的聯繫方面大有研究餘地（對此我已在那本書的後記中談到了），而且其與有明一代思想學術文化的聯繫，也大有繼續開掘的必要。」

「我知道這是一本枯燥的書，怕買了這本書的讀者不大會有讀完它的耐心。對此我很抱歉。我也聽到別人談論我的研究風格的變化。我想那原因，一方面是個人狀態的因時變動，一方面是適應研究對象的自覺調整。調整的必要性像是也無需說明。為此我必須進行一些在我來說遲到的訓練。能力可能出於稟賦；但對於包括我在內的多數人，只能指望經由訓練獲得。獲取能力與獲取知識，都是自我充實與完善，我從中都感到了愉快。我發現了自己的潛力，尚未得以運用的可能性。但更經常的，則是認識到缺陷的無可彌補，用了流行的說法，很無奈。（我發現『無奈』、『苦澀』之類，味道已經越來越甜蜜了。）」

「在與年輕的研究者的座談中，我也反覆說到跨出學科之後所體驗的諸種匱乏，知識的匱乏與能力的匱乏。我說過，我重新體驗了不自信，甚至如臨如履。我以為衡量人才，尤其重要的，是『能力』這一種標準。你可以運用或不運用某種能力（比如理論能力，比如對文獻、史實考據的能力，考察制度沿革、考辨制度異同的能力，依據統計材料對特定時期的經濟狀況、物質生活水準分析的能力，以至搜集整理資料的能力，等等），但你不妨試著擁有它，同時意識到其局限，對其保持批評態度。」

「平原對其主編的這套書頗費經營，倒使我戰戰兢兢，惟恐辜負了錯愛。直到書稿完成，才有餘裕讀同屬這套叢書的其它著作，比如閻步克的《士大夫政治演生史稿》，很佩服，想到某種人才並未斷檔。閻步克在他的書的後記中說到『游於藝』。在這樣的時世，能維持這樣一種寧靜平和的心態，談何容易！置於同一套叢書中，著者學科背景、學術訓練、研究方法的不同，清楚地顯現出來。我深感文學研究者有向其它人文學科（如史學）以至社會科學學習的必要。當然我的意思並非主張回到 80 年代對『科學性』的崇拜，但是我們確有必要取法其它學科以便豐富自己。」

「因為始終意識到自己的限度，我不願以不可能的目標自苦，看起來像是自謙，其實無奈而已。當然也因為學術對於我並非至大至重。生活的世界是那樣廣闊！我欣賞一些年輕的朋友那種發展學術的使命感，對學術的癡情，但我承認，這不是我的態度。但我仍在很努力地去做，正如做任何其它我決定去做的事。在一次與年輕人的座談中，我說，我在研究中將自己的能力運用到了極限。當然，這樣說可能有一點誇張。我不想將做學術描寫得那樣悲壯。『獻身』一類說法對於我並不適用。在自述文字中我已經談到，我選擇學術研究並非出於愛好；當然這並不妨礙我在研究過程中體驗激情甚至得到愉悅。思考的緊張性使人感覺到生命的力度，而知性的滿足從來是令人愉快的。但也因不是出於愛好，我不免常常想到職業對於我的負面意義，想到可能的壓抑，想到人生的其它種可能性。我希望生活得更有餘裕，這餘裕像是部分地被職業生活剝奪了。我期待著有一天能恢復非功利的閱讀，隨意地讀和寫，到那時或許能喚醒某些被壓抑了的潛能。」

一九九八年十二月

跋

《獨語》出版後的幾年，幾不能再寫所謂的「散文」；偶有所作，也像是手不應心。一九九九年的夏天，在攝氏 33 度上下的室溫中，突然又有了興致，每天在打印紙的背面記下一些零碎的想法，甚至為此將「正業」暫時擱置下來。歲末，又一度寫作散文的衝動來襲，就將貯存在電腦中的片段揀出，加工潤色，並陸續寫了一些新的文字。仍然是自語而又用了傾談的態度——儘管沒有明確的對象。由此也證明了對傾聽的期待。冬日的午後，陽光鋪在書桌上，用鉛筆潦草地寫著。寫作中的緊張興奮，使得日子變得易於打發，甚至會感到時間不敷分配。這種狀況自然不可能持久；正因為明白這一點，才必須不失時機地抓住偶而來訪的情緒。

在《閱讀經驗》中，我寫到了自己的文字緣。我並不得意於自己的文字。有朋友稱讚《獨語》文字「乾淨」，我知道這「乾淨」的代價。「由絢爛而平淡」的過程中，往往是生命力的流失，是淡漠，是日甚一日的老人式的潔癖及節制。我自知自己的文字乏寬裕，更不用說雍容豐腴。但對於別人的批評，也並不總佩服，比如「不食人間煙火」之類。不知批評者所謂的「人間煙火」所指者何。書齋也在人間，何況我的關心並非限於書齋。至於本書中少了一點飄忽的思緒，多了一些「形而下」的「日常性」，固然受了時尚的提示，卻也因了年齡，並非以為惟此才叫「人間」，或為了證明自己尚「食人間煙火」。

做學術之餘寫一點類似散文的東西，無疑有助於心理的調節，也使得不便納入學術文體的感觸有所安頓。擺弄文字，竟也會是快感之源。儘管每為「文字工作」所苦，其間所得快樂，通常就在這樣的隨意書寫中。只不過學術可以勉力而為，散文則賴有狀態。狀態不可期必，也難以保有。所幸寫作散文原非功課，用不著勉強。我知道這樣的寫作會繼續下去，即使在告別學術之後，只是到了那時，未必就能寫出更好的文字。

我往往會向初次約稿的編輯聲明自己拒絕命題作文，卻不妨承認，此集中的有些文字，正是被他人所命之題引出的。甚至在《獨語》之後再次返回散文，也憑藉了一次約稿的推動。應約寫那篇文字，在我，實在是艱難的啟動。找回寫作散文所需要的狀態竟是這樣吃力——我由此也明白了自己的心靈枯槁到了何種程度。由此想到，即使僅僅為了自救，偶而寫作散文也是必要的。

這本小書結集前，曾擬了幾個書名，放棄了。選定了「紅之羽」，不過因了這樣的幾個字，拼在一起別無深意。在海上的那爿店裏夜坐，本是件極細小的事，事後記起，也因了幾個紅色的字在那一晚夜色中的溫柔。

二〇〇一年七月

當代名家叢書·趙園選集 A0502007

紅之羽

作　　者　趙園
責任編輯　蔡雅如

發 行 人　陳滿銘
總 經 理　梁錦興
總 編 輯　陳滿銘
副總編輯　張晏瑞
編 輯 所　萬卷樓圖書股份有限公司
排　　版　林曉敏
印　　刷　百通科技股份有限公司
封面設計　菩薩蠻數位文化有限公司

出　　版　昌明文化有限公司
桃園市龜山區中原街 32 號
電話 (02)23216565
發　　行　萬卷樓圖書股份有限公司
臺北市羅斯福路二段 41 號 6 樓之 3
電話 (02)23216565
傳真 (02)23218698
電郵 SERVICE@WANJUAN.COM.TW
大陸經銷
廈門外圖臺灣書店有限公司
電郵 JKB188@188.COM

ISBN 978-986-496-048-4
2017 年 7 月初版
定價：新臺幣 300 元

如何購買本書：

1. 劃撥購書，請透過以下郵政劃撥帳號：
   帳號：15624015
   戶名：萬卷樓圖書股份有限公司
2. 轉帳購書，請透過以下帳戶
   合作金庫銀行 古亭分行
   戶名：萬卷樓圖書股份有限公司
   帳號：0877717092596
3. 網路購書，請透過萬卷樓網站
   網址 WWW.WANJUAN.COM.TW

大量購書，請直接聯繫我們，將有專人為您服務。客服：(02)23216565 分機 10

國家圖書館出版品預行編目資料

紅之羽 / 趙園著. -- 初版. -- 桃園市：昌明文化出版；臺北市：萬卷樓發行, 2017.07
面；　公分. -- (當代名家叢書. 趙園選集；A0502007)
ISBN 978-986-496-048-4(平裝)
855　　106011662